ベリーズ文庫

# 女嫌いの天才脳外科医が激愛に目覚めたら
## ～17年脈ナシだったのに、容赦なく独占されてます～

滝井みらん



STARTS
スターツ出版株式会社

目次

女嫌いの天才脳外科医が激愛に目覚めたら
～17年脈ナシだったのに、容赦なく独占されてます～

## 特別書き下ろし番外編

女嫌いの天才脳外科医が
激愛に目覚めたら
～17年脈ナシだったのに、容赦なく独占されてます～

# 相変わらず塩対応な幼馴染

「ほら優里《ゆり》、奥さまに挨拶して」

祖母に言われ、緊張しながらペコッと頭を下げる。

「木村《きむら》優里です。小学四年生です。今日からよろしくお願いします」

両親のお葬式の次の日、私は祖母が住み込み家政婦をしているお屋敷にやってきた。塔屋付きの水色のクラシックな二階建ての洋館。両親が死んで祖母が私を引き取り、今日からこのお屋敷の離れで暮らす。

両親が亡くなったショック、新しい環境。祖母に言われるがまま連れてこられたけれど、これからどう暮らしていくのかわからなかった。不安でどうにかなってしまいそうだ。

奥さまは四十代くらい。髪をアップにし、グリーンのワンピースを着ていてとてもお洒落《しゃれ》。指にはめている大きな指輪がキラキラしていて魅入ってしまう。

「まあ、ちゃんとご挨拶できるの？　偉いわね」

屈《かが》んで私を褒めてくれた奥さまに、ニコッと微笑《ほほえ》んだ。

「おばさんは王妃さまみたい」

とても優しそうな人でちょっとホッとする。

「優里ちゃんはお姫さまみたいにかわいいわよ」

奥さまが私の頭をよしよしと撫《な》でたその時、玄関のドアがガチャッと開いた。

「あら、息子の玲人《れいと》が帰ってきたわ」

奥さまのその声と共に現れたのは、濃紺のブレザーの制服を着た中学生くらいのお兄さん。背が高く、顔も目鼻立ちが整っていて、奥さまの指輪よりも目を奪われた。

お日さまが当たったみたいに輝いていて、まるで童話に出てくる王子さまそのもの。

「私の……王子さま」

思わずお兄さんに抱きついてうっとりと見つめると、「王子さまじゃない」と冷たくあしらわれた。

「あら、そしたらふたりは王子さまとお姫さまね。将来は結婚したりして、ふふっ」

奥さまは息子の言葉はスルーし、幼い私に話を合わせてにっこりする。

「私が王子さまと結婚⁉」

それってとっても素敵。

奥さまの言葉を聞いて乗り気になっていた私に、お兄さんが素っ気ない態度で告げる。

「悪いけど僕は結婚しないから。……母さん。この子、どこの子？」

「華江《はなえ》さんのお孫さんよ。かわいいわよね。今日から離れに住むの」

奥さまの返答を聞くと、彼は「そう」と興味なさそうに返して私の手を外そうとする。

「私、お兄さんに好きになってもらうよう綺麗になるから、それまで待っててね」

お兄さんの塩対応にもめげず、その手をギュッと掴《つか》んでとびきりの笑顔で宣言したら、彼はそんな私を見てハーッと溜《た》め息をついた。

彼に出会ったことで自分に起こった不幸を忘れた。いや、正確には救われたといった方がいいだろう。

彼が私の生きがいになったのだ。


十七年後――。

「木村優里さーん、診察室へお入りください」

看護師さんに呼ばれ、「はい」と元気よく返事をする。

今私がいるのは、自宅アパートから徒歩五分の場所にある小さな診療所。

木造二階建てで、私が小学生の頃からお世話になっている。

診療所の中は空調が効いていて涼しいが、外は八月だけあってうだるような暑さで、ちょっと歩くだけで日焼けしそうだ。

土曜の休日に診療所に来たのは病気を診てもらうというのもあるけど、初恋の人に会うため。

コンコンとノックをして診察室に入ると、目の前に彼……四条《しじょう》玲人がいた。

「どうぞ座ってください」

パソコン画面を見つめながら彼は私に声をかけた。そのクールな美声を聞いただけで、私の脳がメロメロになる。

ちょっと癖《くせ》のあるダークブラウンの前髪を上げて、医師ながら男の色香ムンムンの彼は、私の幼馴染で初恋の人。年は三十二歳。彫りが深く端整な顔立ちをしていて、身長は百八十五センチの細マッチョ。

彼は頭脳明晰で、都内でも有名な『四条総合病院』の御曹司だ。

四条総合病院は大学病院に匹敵する規模で、三十もの診療科を有している大病院。世田谷《せたがや》区にあり、優秀な医師も集まっていてとても評判がいい。彼は都内にある有名医大を卒業後、海外で経験を積むために渡米していたのだけれど、先月日本に戻ってきた。

帰国後は四条総合病院に勤務していて、そこから三キロ先の距離にあるこの診療所にたまに助っ人に来る。それは、玲人くんの父親である四条総合病院の院長が、この診療所の院長も兼任しているから。といっても、玲人くんの父親を診療所で見かけたことはない。三年前まで院長だった玲人くんの祖父とはえらい違いだ。

玲人くんの祖父は地域に密着し、また誰でも安心して高度な手術を受けられる医療の提供を目指して医療界に大きく貢献した偉大な人。今は引退して隠遁《いんとん》生活を送っているけれど、優しくて気さくなおじいちゃん先生だった。

玲人くんの姉である慶子《けいこ》さんも医師をしていて、普段は彼女が診療にあたることが多いのだけれど、今週は休暇をとっていて不在らしい。

それは玲人くん情報。先週慶子さんに夜眠れるよう薬を処方してもらおうと思ったら、玲人くんが診察しててビックリしたのだ。

かくいう私は木村優里、二十七歳、独身。身長百六十センチ、ストレートの長い黒髪に、漆黒《しっこく》の真ん丸の目が特徴。『S《エス》紅茶』という都内の小さな商社に勤務しているOLだ。

S紅茶はその名の通り紅茶を専門に扱い、役員はみな創業者一族の同族経営で、社員数は三十人ほど。主要取引先はイギリス、フランス、イタリア、中国などで、昨今の紅茶ブームで売り上げを伸ばしているが、給料は安い。

両親は小学生の時に交通事故で亡くなり、大学二年までは四条家で家政婦をしていた祖母と一緒に四条家の離れで暮らしていたけれど、祖母も足腰を悪くして数年前から老人ホームに入居し、現在私は世田谷区のアパートにひとり暮らし。

「今日はどこが悪いんですか？」

パソコン画面から顔を上げて私を見る玲人くんの顔は無表情だ。

「先週玲人くんに再会してからずっと胸が痛いんです」

胸に手を当てて症状を訴えたら、彼がその美しい顔をしかめた。

「佐藤《さとう》さん、次の患者さん呼んで」

私の言葉をスルーして、玲人くんはそばにいた看護師さんに命じる。

「ちょっ……私だって患者よ。無視しないでよ、玲人くん」

慌てて文句を言うと、彼がスーッと目を細めて私を見た。

「どこが患者だ。遊びに来ているようにしか見えない」

まあここに来た第一の目的は玲人くんの顔を拝《おが》むことだけれど、身体に不調があるのも事実。

「最近夏バテなのか食欲不振で……。あと夜眠れないからまた睡眠導入剤を処方してくれないかな？」

「睡眠導入剤は先週処方したばかりだが、もう飲み切ったのか？」

鋭い質問が来て、へらへら笑いながら答える。

「一錠じゃ足りなくて、二錠飲んだりしてたらなくなっちゃった」

やはり二錠飲んだのはマズかっただろうか。彼の表情がなんとなく険しい。

「とりあえず胸の音聞かせて」

玲人くんが聴診器を手に持ったので服を脱ごうとしたら、強く止められた。

「脱ぐ必要はない」

彼の言葉を聞いて、ちょっと残念に思う。

「え？　そうなの？」

玲人くんのためなら頑張って脱ぐのにな。

再度「必要ない」と冷たく言われて聴診器を当てられるが、思わずドキッとした。

非の打ち所のない綺麗な顔。まつ毛が長くて……羨《うらや》ましい。

彼のせいで心拍数が上がっているかも。

「胸の音は若干速いが問題ない。食欲不振の方は薬も出すけど、一度にそんなに食べられなければ、食事の回数を増やしてみて。睡眠導入剤は一カ月分出しておく。必要がなければ飲まなくていいから」

医者らしい言葉を淡々と口にする彼に、ニコッと笑って礼を言う。

「ありがとう」

やっぱり白衣の玲人くんて素敵。

「……一週間分でいいとか言わないんだな」

彼の指摘に、ハッとする。

「あっ、そっか。一週間分なら何度も通えてまた玲人くんに会えるかもしれないよね。やっぱり一週間分でいいです」

そう強くお願いするが、冷たく却下された。

「ダメだ。うるさい優里の相手するほど暇じゃない」

素っ気ないな。八年振りに会ったのに、綺麗になったとか言ってくれないし、プライベートでも全然会ってくれない。

彼の左手に結婚指輪はない。結婚してないなら、私にもチャンスがあるのではないだろうか。

八年も離れ離れだったのにまだ玲人くんを好きなのは、彼が私にとってのヒーローだったからかもしれない。

態度は冷たいけれど、その行動は優しくて、小さい頃よく転んだ私の怪我の手当てをしてくれた。

大学生になってからも、駅の階段を踏み外して歩けなくなった私を偶然通りかかった玲人くんが、『優里は昔から怪我ばっかしてるな』と溜め息交じりに言いつつもおぶって帰ってくれたことがあった。

電車で痴漢に遭った時だって私を助けてくれて……、あれは私にとって素敵な思い出——。

『この人、痴漢です』

玲人くんが私のお尻に触れていた痴漢男の手を捻《ひね》り上げて、ギロッと睨《にら》みつけた。

痴漢男は『ち、違う！』と周囲の目を気にしながら大声で否定し、ドアが開いた隙に玲人くんの手を振り切り人混みに紛れて逃げ去る。

『……逃げられたか。この時間は気をつけるんだな。痴漢が多いから』

空いたスペースに私を移動させ、玲人くんが私の横に立った。

さりげなく私の盾になってくれている。

『……ありがと。助かった』

少しホッとしながらも、なんだか気まずくて俯《うつむ》いていたら、彼が私を弄《いじ》ってきた。

『まだ小学生だと思ってた優里が痴漢に遭うとはね』

わざと驚いてみせる彼に、強くつっこむ。

『それいつの話？　もう大学生だよ！』

『静かに。ここ電車』

素っ気ない態度で注意されてしまったけれど、彼が助けてくれてとても嬉しかったのを今でもはっきり覚えている。

学生時代は生きるのに必死で、玲人くん以上に素敵な人と出会うことはなかった。

就職してからも家と勤務先の往復でいい出会いは皆無。このまま無味乾燥な日々が一生続くのか……と思っていた。

そこにきて、この再会。

これはきっと神さまが私にくれたチャンスなのよ。

彼を諦めるなって——。

小さい頃は『玲人くん、好き。結婚して』と言っても、『子供がませたことを言うな』と全然相手にしてもらえなかった。玲人くんからすれば、小さい子供に絡まれ嫌な気分だっただろう。

だって、私の前で笑ってくれたことなんて一度もない。

会うと必ず彼は嫌なものを見たとでも言いたげに眉間にシワを寄せるのだ。

でも、私も昔とは違う。

大人になった私を見てほしいし、今の玲人くんを知りたい。

「毎週患者さんの顔を見て健康かどうか確認するのも、お医者さんの大事な仕事じゃない？」

なんとか玲人くんに会う機会を作ろうとしても、彼は冷ややかに返す。

「生存確認が必要な年齢じゃない」

普通の人なら冷たくされてしゅんとなるだろうけど、この程度で凹む私ではない。

昔から彼の態度は氷のように冷たかったから慣れっこ。むしろ懐かしく感じる。

だが、このままではすぐに診察室を追い出されてしまう。

「ねえねえ、この後一緒にご飯食べない？　アメリカの話聞かせてよ」

「患者とプライベートで親しくする気はない」

相変わらずつれない彼をジーッと見据えた。

「幼馴染じゃないの」

諦めの悪い私を見て、彼が鋭くつっこむ。

「食欲不振って言ったのは誰だ？」

「あっ、今治ったかも」

調子のいいことを言う私の言葉を今度は無視して、彼は抑揚のない声で告げた。

「お大事になさってください」

もう診察は終わりだとばかりに、パソコンでカルテの入力をしていく彼を慌てて止める。

「ま、待って。これ……作ってきたんだ。食べて」

お弁当箱の入った紙袋を玲人くんに差し出すが、彼はすぐに受け取らない。

「毒とか入ってないだろうな？」

不審物のように紙袋を見据える彼に、クスッと笑って返した。

「惚《ほ》れ薬は入ってるかも」

「いらない。持って帰れ」

しっしっと手で追い払う彼の膝の上に、無理矢理紙袋を置く。

「嘘《うそ》、嘘。入れてないから。食べて。ハンバーグ作ったの。じゃあ、また来るね」

まあ誘っても応じてくれないのはわかってた。せっかく作ったのだからお弁当は食べてほしい。

「もう来なくていい」

塩対応の幼馴染の言葉にもめげず病院を後にし、薬局で薬を調合してもらった。

それからコンビニに立ち寄ってお昼ごはんを買うと、アパートに帰宅する。

古びた二階建てのアパートの二階の角部屋が私の家。間取りは1K。家賃は七万と都内にしては安いだけあって、壁も床もボロボロ。おまけに六畳の広さの中にユニットバスと押入れ、それに洗濯機があるから、生活空間はほとんどない。ベッドも置けず、布団で寝ている。

古くて狭いだけならまだ我慢できるけど、最近は騒音という問題も加わった。

先月隣に引っ越してきたのが大学生の男の子で、たまり場になっているのか、いつもうるさく、夜中はマージャンのジャラジャラという音が聞こえてきて寝つけないのだ。それで睡眠導入剤を飲むようになったのだけれど、まだよく眠れない。

大家さんに言ってもまったく改善はされず、逆に隣人に会うと睨まれるようになった。これ以上大家さんに苦情を訴えたら、隣人に恨まれてもっと厄介なことになりそう。

引っ越したくても資金はないし、私の両親は他界していて頼れる実家もない。だから耐えるしかないのだ。

コンビニで買ってきたおにぎりを食べるが、やはり全部は食べ切れず残してしまった。朝作ったハンバーグも、今の私にはヘビーで冷凍保存している。

とにかく土日しっかり身体を休めて、また来週から元気に仕事をしないと。

玲人くんに処方してもらった薬を飲んで、布団に横になる。

だが、隣の部屋から声がしてすぐに眠れない。

布団を頭までかぶり、ボソッと呟《つぶや》いた。

「お願い、眠らせて」

それから一週間後――。

「水……飲みたい」

喉が渇いて目が覚めたけど、身体が怠《だる》くてすぐに起きられない。

昨日仕事を終えて帰宅したのは深夜。昨日だけじゃない。今週はずっと残業続きで、終電で帰宅している。

繁忙期というのもあるけれど、同じ部署の社員がひとり辞めたのが大きい。

ふたり分の仕事をやらされ、家に帰っても寝るだけ。玄関で意識を失って、気づいたら朝だったというのも数回あった。

気だるい身体に鞭《むち》打って、数メートル先のキッチンへ行き、水を飲む。

身体を休めたいのに、隣からはなにやら大音量のロックなミュージックが聞こえてくる。脳や内臓がその衝撃でブルブル震えそうだ。

「とりあえずシャワー浴びよう」

少しは身体がすっきりするかと思ってバスルームに行くが、下着を脱いだら出血していた。

その血を見て、「……またか」と溜め息をつく。

実は数日前から出血している。

気のせいかと思ったけど、これはなにか病気なのだろうか？

生理は十日前に終わったはず。体調がおかしくてもう生理が来た？

考えようとするが、ズキズキと頭が痛む。

とりあえずシャワーを浴びてジーパンとシャツに着替えると、診療所に向かった。

幸いなことに、診療所は地域のかかりつけ医として内科から整形外科まで幅広い診療を行っている。病院に行くなら会社が休みの土曜の今日しかない。

慶子さんに相談してなにか薬を処方してもらおう。

診療所に着くと、最近夏風邪が流行《はや》っているせいか、待合室はとても混んでいた。

疲労と寝不足もあって目を閉じて順番を待つ。

三十分くらい経《た》っただろうか。

「……さん、木村優里さん」

何度か名前を呼ばれ、ゆっくり目を開けた。

「……はい」

目を瞑《つぶ》っていたら、本当に寝ちゃってた。

自分のアパートより待合室の方が眠れるなんて終わってる。

苦笑いしながら診察室に入るが、目の前にいたのが玲人くんで思わず二度見した。

「え？　え？　私、寝ぼけてる？　なんで慶子さんじゃないの？」

混乱している私に、玲人くんが落ち着き払った様子で答える。

「姉貴は学会で、今週も俺が代理。で、今日はどこが悪い？」

出血さえしてなければ、また彼に会えたと喜んでいただろうが、今は早く立ち去ることしか考えられなかった。

「な、なんでもない。慶子さんに仕事の愚痴でも聞いてもらおうって……あの、失礼しました」

慌ててごまかし、ペコッと頭を下げて診察室を出ていこうとしたら、彼に手を掴まれた。

「待った。そんな青い顔してなんでもないわけない」

「本当になんでもないの！　来週また来るから」

慶子さんならともかく、玲人くんに血が出てて、なんて言えるわけがない。

笑顔を作ってそう言うが、彼は手を離してはくれなかった。

「いつもなら俺の顔見て喜ぶのに、その狼狽《うろた》え方はおかしい。なにか緊急なんじゃないのか？」

どうして今日に限っていつもみたいに私に無関心でいてくれないのだろう。

「いいの。四条総合病院で診てもらうから」

私の発言を聞いて彼は腕時計をチラッと見ると、意地悪く言った。

「もう正午過ぎた。あっちは診察終わってる」

「……本当に大丈夫だから」

「大丈夫じゃないから来たんだろ？　優里？」

珍しく優しい声で名前を呼ばれ、ハッとした。

「……生理は終わったはずなのに、数日前から出血してるの」

仕方なく症状を口にすると、玲人くんは矢継ぎ早に質問してきた。

「生理はいつ終わった？」

「……十日前」

なぜ玲人くんに生理は規則的なのか？こんなプライベートなことまで話さなければいけないのだろう。

「……ちゃんとは来てない。来ない月もあって」

恥ずかしくてボソッと答える私に、構わず彼は質問を続ける。

「子宮頸《けい》ガンの検査は受けてる？」

玲人くんのこの質問にギョッとする。

「え？　私ガンなの？」

「ただの質問。で、検査は？」

答えを急かされ、小声で返した。

「……受けてない」

健康だったし、忙しかったから検査の必要性を感じていなかった。

「毎年健康診断は？」

「……受けてない」

同様の答えを返したら、彼の眉間にシワが寄った。

「最後に受けたのはいつ？」

「……社会人になってからは一度もない」

怒られるかと思ってビクビクしながら答えたら、彼がビックリした様子で聞き返す。

「は？　普通会社で受けるよう言われるはずだ」

彼の眉間のシワがますます深くなり、周囲の空気もピリついた。

「……うちの会社にはそんなのないです」

玲人くんが怖くて思わず敬語で答えると、彼はしばし無言になる。

怒りを抑えているのだろうか。

お願いだから怒らないでほしい。今日は笑って聞き流す元気もないのだから。

「とんだブラック会社だな。内診するから隣の部屋で準備して」

ハーッと溜め息交じりで言う彼に聞き返した。

「え？　内診って？」

「膣《ちつ》内部の触診をする」

玲人くんは平然と言ってのけるが、私はパニックになっていた。

初恋の人に婦人科診察されるなんて絶対に嫌！

「い、いやいや、本当にいいから」

首が千切れそうなくらい左右に振って拒否したら、凄味《すごみ》のある眼光で命じられた。

「よくない。悪い病気だったらどうする？　いいから準備しろ」

「む、無理。絶対に無理。玲人くんだけは死んでも無理！」

ここが診察室ということを忘れて声をあげると、彼が呆気《あっけ》に取られた顔をする。

「俺だけは無理ってなに？　ちゃんと国家資格持ってるから心配はいらない」

「そういう問題じゃないの！」

ああ～、頭いいんだから私の気持ちを察してよ。

涙目で訴えていたら、看護師さんが助け舟を出してくれた。

「玲人先生、若い子に婦人科の内診はなかなかハードル高いんですよ。しかも、玲人先生ですからねえ」

古くからいるベテラン看護師に言われ、玲人くんは盛大な溜め息をつく。

「医療行為なのに、なにを我儘《わがまま》言ってるんだか」

「玲人先生～、僕の方、診察が終わったから彼女を診るよ」

隣の診察室にいた四十代くらいの男性医師が顔を出して、玲人くんに声をかける。

どうやら私たちのやり取りが隣の診察室まで聞こえていたらしい。

「すみません。お願いします」

玲人くんは少し申し訳なさそうに男性医師にそう返事をすると、私に目を向けた。

「他の先生に診てもらうから、木村さんは隣の内診室に入ってください」

玲人くんの言葉を聞いて、「はい。ああ、よかった」とあからさまにホッと胸を撫で下ろすと、彼が不満げにボソッと言う。

「いつもしつこいくらい俺に絡んでくるくせに、他の先生でそんなに安堵《あんど》するとはな」

玲人くんにしてみれば、あまり納得がいかないのだろう。

彼は婦人科は専門ではないけど、医師としては一流だし、プライドを持って仕事をしている。

恥ずかしいから診察してほしくない……なんて私の我儘だもの。でも、とにかく別の先生が診てくれることになって本当によかった。

隣の内診室に入ると、すぐに診てもらえた。内診は初めての経験で戸惑うことも多くて恥ずかしかったけど、玲人くんに診てもらうよりは全然いい。

子宮頸ガンの検査もしてもらって内診が終わると、かなり疲弊していた。

いろんな意味で疲れたかも。もう今すぐ寝たい気分だ。

しばらくしてまた診察室へ呼ばれるが、目の前に座る玲人くんはなんとなく仏頂面。

まああれだけ私が駄々をこねて騒いでしまったのだから、不機嫌にもなるだろう。

玲人くんが内診時のエコーの写真を見ながら診断結果を説明する。

「内診してくれた先生から言われたかもしれないけど、子宮がちょっと腫《は》れている。ストレスによるホルモンバランスの乱れなどで出血してるのかもしれない。薬処方するから様子見て。あと、子宮頸ガンの検査結果は一週間後にわかるからまた来て……って聞いてるか？」

「……ああ。ごめん。ちょっとボーッとしてた」

苦笑いしながら返す私を、玲人くんがジーッと見つめる。

「相当疲労が溜まってるようだな。目の下の隈《くま》もすごいがまだ眠れないのか？」

「うん……まあ。……お世話になりました」

いつもの私なら診察が終わっても立ち去らずに玲人くんとのお喋りを楽しむところだけど、今日はその元気もなく、彼の顔を見ずに話を終わらせて診察室を出る。

受付で支払いをして処方箋をもらい、薬局に立ち寄るが、頭痛もしてきてもう立っているのもつらかった。

「……しんどい」

吐く息と共に、そんな言葉が何度も出てくる。

薬をもらって薬局を出ると、なぜか黒のパンツにブルーのシャツを着た玲人くんが目の前にいた。

「……玲人くん？　薬局に用？」

ぼんやりした頭でそう尋ねると、彼から意外な言葉が返ってくる。

「いや、家近くなんだろ？　もう診察終わったし、送ってく」

恐らくカルテに書かれた住所を見たのだろう。

あまりに信じられないことを言われて、思わず「え？」と聞き返した。

「だから、送ってく」

玲人くんが面倒くさそうに返して私の背中をポンと押すけれど、すぐに動けずポカンとしてしまう。

「ごめん。ちょっと頭が理解できてない」

頭がズキズキするせいか、理解力も低下している。

私の反応を見て彼は軽く溜め息をつくと、前方を指差した。

「家、こっち？」

「……うん」

呆然《ぼうぜん》としながら頷《うなず》く私の腕に手を添えて、彼が歩きだす。

「華江さん、うち辞めて老人ホームにいるんだって？　元気にしてるのか？」

祖母の話を振られ、淡々と返す。

「うん。老人ホームで友達もできて元気にしてるよ」

「老人ホーム、お金かかったんじゃないのか？」

「玲人くんのおじいちゃんがおばあちゃんが辞める時に退職金をくれて、すぐに老人ホームに入れるよう口利きまでしてくれて……。退職金で足りない分は、私の両親の保険金を使ったんだ。おばあちゃん、足腰が弱ってきて預けるしかなかったの」

唯一の家族だから一緒に暮らしたかったけど、おばあちゃんの世話をしていたらお金を稼げない。

「そうか。今、優里は仕事はなにをしてる？」

「小さい商社で働いてる。急に人が辞めてそのしわ寄せが私にきちゃって……って、まあ仕事だもん。なにかしら苦労はあるよ」

生きるためには仕事をしなければならない。少しくらい仕事が大変でも私はそう簡単には辞められないのだ。頼れるのは自分だけなのだから。

「だが、健康診断がないのは今時おかしい。上司に言ってみたらどうだ？」

玲人くんのアドバイスを聞いて、曖昧《あいまい》に返事をする。

「うん……そのうちに。あの、ここでいいよ。もうすぐそこだから」

上司になにか言えるほど私の立場は強くない。それを玲人くんに言ったらまた機嫌を損ねそうだから、話を終わらせた。

「だったら、家まで送る。すぐ着くんだろ?」

「その気持ちだけでいいよ」

古びたアパートを玲人くんに見られたくなかった。

なんとか断ろうとしたら、彼が怪訝《けげん》な顔をする。

「なにを嫌な顔してる? 散らかってても、文句は言わないよ」

「……びっくりしないでね」

身体がぐったりしていて、もう反論する気力がなかった。

玲人くんのようなお坊ちゃまは、私のアパートを見たら衝撃を受けるだろう。

「は? どういう意味だ?」

首を傾《かし》げる彼に構わずアパートに向かう。

アパートに着くと、隣を歩いていた玲人くんが一瞬目を見張って眉をひそめたような気がした。あまりの古さに驚いているのかもしれない。

外壁が汚れ、ところどころ蜘蛛《くも》の巣が張った錆《さ》びた階段を一段一段上っていくと、私の隣の部屋から学生がふたり出てきて階段でぶつかった。

「あっ、やべ」と学生の声がすると同時によろけて転びそうになったが、後ろにいた玲人くんが支えてくれた。

「君、気をつけて」

玲人くんが学生を注意すると、彼の眼光に怯《ひる》んだ学生が「すみません」と小声で謝り、この場から逃げるようにいなくなる。

「大丈夫か？」と玲人くんに聞かれたが、声を出して返事をするのも億劫《おっくう》でコクッと頷いた。

自分の部屋へ行き、鍵を開けてドアを開くと、まだ隣の部屋から音楽が大音量で聞こえてきて反射的に顔を歪《ゆが》めた。

うるさくて気分がますます悪くなる。家に帰ったという安心感がまったくない。

「ここに住んでいるのか？　しかもこの騒音……」

部屋を見て呆気に取られている玲人くんの反応は無視して、彼の方を振り返った。

「送ってくれてありが……！」

その時、突然キーンと耳鳴りがして、視界がグニャリと歪んだ。

「気持ち……悪……い」

身体の力がガクッと抜け、地面が迫ってくる。

ドクドクドクと激しくなる心臓の鼓動。

マズい……と思ったけれど、もう自分ではどうすることもできない。

ああ……地面にぶつか……る。

「優里！」

玲人くんの声が聞こえたが、急に目の前が真っ暗になってそのまま意識を失った。

# 衝撃のキス

『お母さん、お父さん、どうして死んじゃったの？』

ポツリと呟いた言葉は、そのまま空気に溶け込むように消えた。

私の一方通行の問いかけ。

答えが返ってこないとわかっていても、聞かずにはいられなかった。

あの日、激しい雨が降っていて——。

塾が終わった後、車で迎えに来てくれるはずの両親は、交通事故で即死した。父の運転していた車が逆走してきたトラックと正面衝突したらしい。

塾でいくら待っても両親が来なくて連絡しようとしたら、私の携帯に病院から電話があって、塾の先生と病院に駆けつけると、両親は白いベッドで横たわっていた。

外はずっと土砂降りの雨。

両親の顔は青白く、目は閉じたまま。

触れると冷たくなってて、これは悪夢なんじゃないかって何度も思った。

私が塾に行っていなければ、両親は死ななかったかもしれない。こうなってしまったのは、私のせい……。

「お母さん、お父さん……行かないで！」

泣きながら叫んだら、誰かが私の肩を揺すって声をかけた。

「優里、夢だ」

低くて落ち着いた声。

その声の主を私はよく知っている。

「玲人……くん？」

声に導かれるように目を開けると、幼馴染が私の目の前にいた。

自分のアパートにいたはずなのに、白と黒を基調とした見知らぬ部屋で寝ていて、頭は混乱していた。

「ここ……どこ？」

「俺のマンション。急に気を失って倒れたから、うちに連れてきた。お前のアパートはゆっくり身体を休められる環境じゃなかったから」

「……ごめん。すぐに帰るね」

起き上がろうとすると、彼に止められた。

「また倒れる。いいから寝てろ」

「でも……玲人くんだって仕事あるでしょう？」

彼だって病院に行かなければならないだろうし、私がここにいては迷惑になる。

私なりに気遣ったつもりなのだが、彼は淡々と返す。

「今日はもう仕事はないから心配しなくていい。それより、ひどくうなされていたみたいだが？」

変なところ見られちゃったな。

「両親が死んだ時の夢見ちゃって……。たまにあるんだ。お騒がせしてごめん」

苦笑いしながらそう答えたら、彼が手を伸ばして私の額に触れてきた。

「謝らなくていい。汗かいたな。着替えないと」

「でも、着替え……ない」

やっぱり自分の家に戻ろう。

そう思って上体を起こしたら、彼にポンと肩を叩《たた》かれた。

「俺のを貸すから」

玲人くんはベッドの向かい側にあるクローゼットから黒いシャツを出して、「ほら」と私に手渡す。

「ありがとう」

「なにか食べるか？」

　玲人くんに優しく聞かれ、お腹に手を当てて考える。

「ん……食欲ない。でも、ちょっと喉渇いちゃった。コンビニに行って、なにか買って……!?」

「だから、寝てろ。これは医者の命令だ。ベッドから出るなよ」

　厳しい顔で注意され、素直に「はい」と頷くと、玲人くんは寝室を出ていく。

　広いベッド。横幅だけでも、三メートルはありそう。

　きっとオーダーメイドだろうな。

　玲人くんは身体が大きいから、寝具にもこだわっているのかも。お医者さんだしね。

　今何時だろう？

　ベッドサイドにあるデジタル時計を見れば、午後七時十分となっていた。

　外は暗いし、もう夜なんだね。

　お昼過ぎに診療所を出たから、かなりの時間玲人くんの家で寝ていたことになる。

　彼から渡されたシャツをしばし眺め、着ていた服を脱いで袖を通す。

　当然だが、私にはブカブカ。まるでワンピースだ。でも、玲人くんのものというだけで愛《いと》おしい。

体調が悪いのはつらいけど、たまには病気になってみるものだ。

脱いだ服を畳んで横に置いたら、玲人くんがお粥《かゆ》をトレーにのせて持ってきてくれた。

「食欲はなくても薬飲むのに少しでも胃に入れておくといい」

「お粥、わざわざ作ってくれたの？」

玲人くんがお粥を用意してくれたことに驚いて確認すると、彼はなんでもないことのように淡々と頷く。

「ああ。……やっぱりシャツ大きいな。小学生に見える」

じっと私を見てそんな感想を口にする彼に、文句を言った。

「小学生って……もう私も二十七歳なんですけど。ねえ、このシャツ、買い取らせて。私の汗で汚れちゃうし」

彼のシャツを摘まんでお願いしたけれど、即座に却下された。

「ダメだ。お前、変なことに使いそうだし」

「バレた？　毎晩これ着て寝ようと思ったのに」

残念がる私を見て、彼が小さく笑いながらトレーをベッドサイドのテーブルに置く。

「そんなくだらない思考ができるなら、少しは体調よくなったか？」

「ぐっすり眠らせてもらったので。だから、お粥食べたら帰るよ。なんだか食欲出てきた」

玲人くんが私のためにお粥を作ってくれるなんてもう最高。どんな高級料理よりも貴重だよ。

「俺と一緒にいたいようなこと言ってるわりに、すぐに帰りたがるんだな」

玲人くんに指摘され、慌てて弁解する。

「だって、ここ玲人くんの寝室でしょう？　ベッド独占するのも悪いし」

玲人くんはお医者さまなのだから、彼の睡眠を邪魔しちゃいけない。

無神経な女と思われているかもしれないけれど、私だってそれなりの常識は持っているつもりだ。

「あのアパートに帰ったら、また体調悪くなる。毎日のように診療所に来られても困るんだが」

暗に迷惑だと言われて困惑した。

「でも……私、他に帰る家なんてないよ」

「体調がよくなるまではうちにいていい」

玲人くんにしてはやけに気前がいい。四条家にいた時は、声をかけてもまともに相手にしてくれなかったのにな。

「そんなこと言っていいの？　居座っちゃうかもしれないよ」

少しふざけてそんなことを言ったら、真顔で返された。

「優里は口で言ってるだけで、俺が本当に嫌がることはしないじゃないか」

さすが幼馴染。よく私のことをわかっている。

私も玲人くんの沸点は理解していて、そのぎりぎりまでは『好き』と言って攻めるけど、彼が本当に怒りそうな時はすぐに引く。

「実行したら雷落ちるから。あの……なにかビニール袋とかない？　洗濯物、アパートに帰ったら洗おうと思って」

脱いだ服に触れながら尋ねると、彼が手を差し出した。

「ああ。貸して。洗っておく」

「いやいや、さすがにそれは悪いよ」

遠慮する私の手から彼が強引に洗濯物を奪う。

「ずっと置いておくと菌が繁殖して不衛生だ」

冷たい言い方だけど、これは彼なりの優しさ。

「ありがとう」

「礼はいいから、早くお粥食べろよ」

「うん」

「食ったらまた寝ること」

私の頭をポンとした彼が寝室を後にすると、いただきますをしてお粥を食べ始める。

お粥には卵が入っていて、これがほんのり甘くて美味《おい》しい。

不思議。スーッと胃の中に入っていく。

数分前まで全然食欲がなかったのに、彼が作ってくれただけでお腹が空くなんて……私ってどんだけ玲人くんが好きなの？　これなら完食できそう。

もし玲人くんがいなかったら、私は誰にも気づかれずひとりでアパートに倒れていたかもしれない。

幼馴染だからというよりは、医者として私を救ってくれたんだろうな。

少しは私情を持ってほしいけれど、彼が立派なお医者さんになってくれて嬉《うれ》しい。

私も一時期玲人くんと同じようにお医者さんになりたいって夢を持ったことがあった。だけど、私にはお金がないことに気づいてすぐに断念。医学部に行くにはとんでもなくお金がかかる。

他にやりたい仕事が見つからず、大学まではなんとか出たものの、適当な会社に入った。

まあ、はっきり言えば就職活動に失敗。でも、無職では暮らしていけないから、いろいろ妥協して就職したのだ。

両親がいたら、もうちょっとじっくり就職について考えられたのに……って、そんなことを思っても両親は生き返らないんだから泣き言は言わないの。自分がしっかりしてなかったのがいけない。

お粥を食べ終わると、薬を飲んでベッドに横になった。

早く治して月曜日からちゃんと働けるようにしなきゃ。

目を閉じると、布団から微《かす》かに玲人くんのつけているムスク系のコロンのいい香りがした。

なんだか彼に守られているみたいで安心する。

身体がリラックスしてきて、すぐに眠りに落ちてしまった。

グゥ～と自分のお腹の音でパチッと目が覚めた。

「今……何時？」

デジタル時計に目を向けると、午後十一時三十五分。

また結構寝たな。

ムクッと起き上がってベッドを出る。

下は下着しか身につけていないけれど、玲人くんのシャツが膝くらいまであるので、下着は見えない。

窓のカーテンを開けると、すぐ近くに四条総合病院があった。

きっと病院に近いから玲人くんはこのマンションに住んでいるのだろう。

一週間前、玲人くんに診察してもらったのが嬉しくて慶子さんに、【今日玲人くんに診てもらったんですよ】ってメッセージを送ったら、玲人くんは四条家所有のマンションに住んでいると教えてくれた。

寝室を出て玲人くんの姿を探すと、ちょうど向かい側のドアが開いて彼が出てきた。

ただでさえ驚くのに、彼が半裸でギョッとする。

「ギャッ！　なんでズボンだけなの！」

シャワーでも浴びたのか、彼は有名ブランドのロゴが入ったグレーのズボンを穿いていたものの、上はなにも着ていなかった。

髪の毛はちょっと濡れていて、なんだか色気があってドキッとする。

四条家にいた時は、こんなセクシーな姿見たことなかったな。

床にしゃがみ込みながら手を目に当てて彼に文句を言ったら、ドライに返された。

「俺の家でどんな格好しようと俺の勝手だが」

「そ、それはそうなんだけど、私もいるんだから注意してよ」

キャーキャー騒ぐ私がおもしろかったのか、彼がクスッと笑った。

「そういえば、お子さまの優里がいるんだったな。まあ、俺の家にいるんだから慣れてもらうしかない」

「は、裸では絶対にうろつかないでよね。絶対よ！」

動揺しまくりの私を見て、彼が楽しげに返す。

「なにをムキになってるんだか」

「いいから、早くなにか着てよ。目のやり場に困る」

あたふたしながらお願いするが、彼は落ち着き払った様子で反論する。

「水着だと思えば問題ない。二十七なら彼氏のひとりやふたりくらいいたんじゃないのか？　大学だって通ってたし」

当然のように言われて無言になる。

それってどんな基準なのよ。玲人くん以外の男性に目が行かなかったし、そもそも学業やバイトが忙しくて恋愛どころじゃなかったよ。

私の沈黙で、鋭い彼は彼氏がいなかったことを察したらしい。

「……例外もあるようだな。大人になったって言うなら、そんなぎゃあぎゃあ騒ぐなよ」

彼の目が笑っているので、悔し紛れに言い返す。

「私がお子さまなら、玲人くんはおっさんよ！」

「ああ。三十二歳はおっさんだからな」

ニヤリとして肯定するその姿は男の色香ダダ漏れで、指の隙間から見ていてもクラクラ目眩《めまい》がしそう。

自分で『おっさん』なんて言ったけど、こんなセクシーな人、絶対におっさんじゃないわ。

心の中で訂正していたら、彼の視線を強く感じた。

「腹でも減って起きた？」

「うん。お腹減っちゃって、なにか食べる物あるかな？　この格好じゃあ、コンビニにも行けなくて……」

自分の服装に目を向けながらそんな話をすれば、彼が医者モードで聞いてきた。

「もう普通に食べられそうか？」

「うーん、食べてみないとわからない」

お腹に手を当てながら答える私に、彼は提案する。

「お粥とかは？」

「食べられるけど、キッチンと食材貸してくれれば適当に作るよ」

これ以上お世話になるのは申し訳ない。

「いや、優里はベッドでゆっくりしてればいい」

「でも、寝すぎてベッドにいるのも飽きちゃって」

我儘なこと言ってるなって口にしてから気づいたけど、彼は気にした様子もなく数メートル先の磨《す》りガラスのドアを指差した。

「じゃあ、リビングでテレビでも見てれば？　俺作るから」

「あの……その前になにか着てもらっていい？　どこ見ていいかわからない」

なるべく玲人くんを見ないようにしながらお願いしたら、ククッと笑われた。

「仕方ないな」

絶対におもしろがってる。でも、なにか言い返せばからかわれそう。

黙ってひとりリビングに行き、高級感溢《あふ》れるグレーのレザーのソファに腰を下ろす。

リビングの広さは三十畳くらい。マンションとは思えないほど天井が高くて、テニスができそう。

部屋のドアも五、六個あったし、5LDKくらいかな。

他に住人はいなそうだからひとり暮らしなのだろう。お金持ちは住んでる場所も違う。私のアパートの部屋がここのバスルームくらいの広さだったりして。

引っ越して間もないせいか、リビングにはソファとテーブル、ミニシアターみたいな大画面のテレビと棚がポツンと置いてあるだけ。

目の前には広いキッチンとダイニングがある。

キッチンは綺麗だけど、料理はちゃんとしているのか、うちよりも調味料がたくさん並んでいた。

しばらくすると、ブルーのTシャツを着た玲人くんがキッチンにやってきて、リビングにいる私に声をかける。

「テレビのリモコンはソファの前のテーブルに置いてあるから」

「あっ、うん」と返事をしつつも、ソファから立ち上がって、キッチンに行く。

「ねえ、冷蔵庫とか見ていい？」

彼に尋ねると、「そんなに退屈か？」と返された。

「なにが入ってるのか興味があって」

「最近買い物行ってないから、冷凍食品しかない」

淡々と答える玲人くんの言葉を聞いて冷蔵庫を開けると、飲み物と卵とチーズしかなかった。

しかし、冷凍庫はギッシリ詰まっていて、高級ホテルのスープやシチュー、ハンバーグなどが入っている。

「うわー、市販のじゃないんだ。美味しそう」

「そう思えるってことは食欲があるってことか」

「ねえ、玲人くん、このかぼちゃのポタージュ飲んでみたい。それにクロワッサンでいいかも」

冷凍庫から出して玲人くんに見せたら、「好きにすれば」と言われた。

玲人くんにお皿を出してもらってスープをレンジで温めていたら、彼が横でオムレツを作りだした。卵は片手で割るし、オムレツもふんわりと綺麗な形に焼き上がっている。

「上手だね。お粥もすっごく美味しかった。アメリカでも自炊してたの？」

四条家の食事はずっとうちのおばあちゃんが作っていたけれど、玲人くんだけはたまに『夜食を作る』とか言ってキッチンに立っていた。

「忙しかった時はバナナかチョコバーしか食べなかったが、あっちの食事は合わなかったから自炊するしかなかった」

玲人くんの説明を聞いて、「ああ」と頷く。

パンも焼き上がると、ふたり分の料理をダイニングテーブルに並べ、彼と一緒に席に着いた。

「色合い的にサラダが欲しいとこだけど、なんだかすごく豪華な感じがする。あっ、玲人くんはガッツリ肉とか食べた方がいいんじゃない？」

「別にこれでいい」

ふたりでいただきますをして食べ始める。

いつもひとりだったから、誰かと一緒に食事ができるのがすごく嬉しい。しかも、その誰かが玲人くんなのだ。

「このオムレツ、ふわふわで美味しい。玲人くん、いつでもお嫁に行けるね」

「俺が嫁に行ってどうする？」

「ただの冗談だよ。でも、女装した玲人くん、見てみたいな。化粧したら、慶子さんみたいになるかもよ」

私の発言がよほど嫌だったのか、彼は思い切り顔をしかめた。

「想像もしたくないね。……ところで、後で連絡先教えてくれ。なにかあった時の連絡用」

「ああ、うん。じゃあ、忘れないうちにスマホ取ってくる。私のバッグってどこかな？」

「寝室に置いておいた」

玲人くんの返事を聞いて寝室からスマホを取ってくるが、彼は私のスマホを見て目を丸くした。

「それ、ちゃんと動くのか？」

「あっ、画面割れちゃってるけど、とりあえず無事に動いてるよ。今スマホも高いから、ちょっと画面割れたくらいで買い替えなんてもったいなくてね」

画面が割れても使っている人は電車で度々見かける。それなのに、玲人くんの反応は冷たい。

「いや、もったいないとか言う前に、肝心な時に連絡できなかったらアウトだろ」

「だとしたら、運が悪かったって諦めるしかないよ。私が生まれる前はスマホなんてなかったんだし、文明の利器に頼りすぎるのもね」

私の場合、友達が少なくてあまりスマホを必要としないのもある。

「お前のその楽観主義に呆《あき》れる」

盛大な溜め息をつく彼を見て、ハハッと笑った。

「いろいろ悩んだらきりがないもん」

そんな話をしながら食事をすると、玲人くんと連絡先を交換した。

「玲人くんの連絡先ゲットできて嬉しい」

多分、私が今日倒れなかったら絶対に教えてくれなかっただろう。

早速【よろしく】とスタンプをメッセージで送ろうとしたら、釘《くぎ》を刺される。

「くだらないメッセージ送ってくるなよ」

「え？　おはようとかおやすみもダメ？」

玲人くんとメッセージのやり取りできたら楽しいだろうに。

「必要ない。そういうのは友人としろ」

無表情で言う彼を見て、苦笑いした。

「冷たいなあ。でも、玲人くん忙しいもんね」

「そう。優里とメッセージで遊ぶ時間なんてない。あっ、念のためGPS設定するから、スマホ貸して」

彼の言葉に小首を傾げて聞き返す。

「ん？　なんで？」

「また倒れたらいろいろと面倒だから」

歯に衣着せぬ物言いだけど、私のことを心配してくれてるんだよね。

ひとり感動してジーッと玲人くんを見つめていたら、彼に急かされた。

「優里、ボーッと俺を眺めてないで、スマホ」

手を差し出してきた彼に、「あっ、はい」と返事をして持っていたスマホを手渡す。

彼は素早く操作して設定を終えると、私にスマホを返した。

「これでお互いの居場所わかるから。あと、姉貴がお前の着替えを持ってきてくれた」

玲人くんがリビングから大きな紙袋をふたつ持ってきた。

「私の着替え？」

「服は姉貴のお下がり。いらないからもらってくれって。あと下着は新しいからって」

慶子さんは私が四条家に住んでいた時から、着なくなった服をたくさんくれた。いや、服だけではない。学校に通っていた頃は文房具とかバッグもくれて、とても助かっていた。

「慶子さん、今日学会じゃなかった？」

「夕方東京に帰ってきたんだ。それで、お前の着替えを頼んだら持ってきてくれた」

玲人くん、気が利く。下着を替えたかったから、ちょうどよかった。

「ありがとう。今度慶子さんに会ったらお礼言わないと。……うわっ！」

紙袋の中をチェックすると、ブランド物の服がたくさん入っていた。ほとんど新品に近い状態。下着の入ったビニール袋も見つけて確認したら、黒いレースの透け透けの下着があって絶句した。

しかし、それで終わりではない。【これで玲人を悩殺しなさい】と書かれた慶子さんのメモまで入っていて、小刻みに首を左右に振った。

慶子さん、無理無理無理。絶対に無理。

彼女のメモを凝視していたら、玲人くんがそれをサッと奪って目にし、クスッと笑った。

「俺を悩殺ね」

「……しないから安心して」

赤面しながら彼に言い返す。

ええ。ええ。わかっていますとも。私は玲人くんに女として見られてませんから。

「賢明だな」

メモを私に返す玲人くんを直視できなくて、「あの……シャワー浴びたいんだけど」と言って席を立つ。

「どうぞ。タオルとかは棚のを適当に使えばいいから」

「うん。ありがと」

玲人くんの顔を見ずにバスルームに行くと、しゃがみ込んでハーッと息を吐いた。

赤面しすぎて顔が熱い。

心が落ち着いてから脱衣所をよくよく見回してみると、洗面台がふたつあり、市販では見かけないハンドソープが置かれていた。壁際にある木製の棚には白いタオルが綺麗に積み上げられていて、清潔感がある。整然としていて、実に玲人くんらしい。

浴室に入ると、湯船とシャワーブースがあって、思わず感嘆の溜め息がもれる。

「まるでホテルだね」

私のアパートの狭いバスルームとは大違い。うちはシャワーしかないもん。

この湯船に毎日浸かったら気持ちいいだろうな。入浴剤とか日によって変えて……。

ああ～、なんて贅沢。現実は入浴剤を買う余裕もないけどね。

自分の生活費以外にも、私はおばあちゃんの老人ホームの食費や雑費も毎月払わなければいけない。年金では全部賄《まかな》えないからだ。足りない分は両親の保険金を切り崩してなんとかやってきたけれど、それももうすぐ底をつく。

もっと給料のいい仕事に就かないと……。でも、今の私に転職先を探す余裕なんてない。先のことを考えると頭が痛くなる。

ダメダメ。ポジティブに考えよう。

慶子さんが服をくれたから、服代が浮く。その分他に回せるよね。

そんなことを考えながらシャワーを浴びてリビングに戻ると、玲人くんがソファに座りながら真剣な眼差しでタブレットを見ていた。

「シャワーありがと。なに見てるの？」

私の質問に、彼はタブレットを見つめたまま答える。

「海外の論文。興味深い術式が載ってて」

「へえ、お医者さんて資格取っても日々勉強だから大変だね」

タブレットを覗き込むが、専門用語が並んでいてよくわからない。

「人の命を預かる仕事だから、苦には思わない」

なんて高潔な精神。彼にとって医者は天職なのだろう。

私も仕事頑張らないと。

「玲人くんらしいね。明日は仕事あるの？」

「今のところ休み。俺がいなくてもうちのものは適当に使ってくれていいから」

「うん。ありがと。……ねえ、私だいぶよくなったし、ソファで寝るよ。玲人くんは仕事のためにも万全な状態でないといけないでしょう……⁉」

そんな話をしたら、彼が私の額に自分の額を押し付けてきてフリーズした。

「まだちょっと熱ある。病人なんだから俺のベッド使え」

「いや……申し訳なくて寝れないよ」

「じゃあ、一緒に寝ればいいだろ？　ベッド広いし、ふたり寝ても余裕がある」

彼の発言を聞いて、乾いた笑いが込み上げてきた。

ホント、私のことなんてお子さまとしか思ってないんだろうな。襲う気なんて一ミリもなさそう。私は全然襲ってくれてもいいんだけど。

「……里、優里」

玲人くんに呼ばれてハッと我に返り、「はい」と返事をしたら、いつの間にかソファから立ち上がっていた彼にポンと肩を叩かれた。

「ボーッとするな。寝室行くぞ」

タブレットを持ったまま寝室に移動する玲人くんについていくと、彼は部屋の間接照明をつけて先にベッドに横になる。

その姿を見て、ゴクッと唾を飲み込んだ。

ベッドは広いけどやはり一緒に寝ると思うと、心臓がドキドキする。

「お邪魔します」と言って彼の反対側に横になるが、もう心拍数がすごくて落ち着かない。

一方、玲人くんはひとりでいるのと変わらない様子で、まだタブレットを見ている。

彼に背を向けて「おやすみなさい」と言うと、「おやすみ」と素っ気なく返された。

本当に私のことは眼中にないみたい。

なんだかこんなに彼を意識している私が馬鹿みたいだ。

玲人くんって彼女いるのかな？　いや、そもそも恋人がいたら、私を家に泊めないよね？

女性にモテモテなのは知ってるけれど、彼に恋人がいるっていうのは聞いたことがない。女嫌いは今も変わってないのかな？

女性とイチャイチャするより、医学雑誌を見てる方が楽しそうな感じだ。

もし彼に特別な女性がいなければ、私にもチャンスがあるかも。

まずは女として見てもらわなきゃ。でも、どうやって？

私、身体は痩せてて決してセクシーとは言えない。

「ねえ、玲人くんが結婚したい女性ってどんなタイプ？」

試しに聞いてみるが、冷ややかに返される。

「結婚する気はないって昔から言っているけど」

「じゃあ、こんな女性がいたら結婚してもいいってタイプは？」

諦めずに聞いたら、溜め息をつかれた。

「言い方を変えただけじゃないか。まあ、強いて言うなら頭がよくて、美人で、うるさくない人」

それって玲人くんの女版じゃないの。おまけに遠回しに静かにしろと言われているよう……な。

「全然参考にならない」

ジーッと玲人くんを見据えて文句を言っても、彼の反応は薄い。

「参考にしてどうする？」

「いや、なんとか玲人くんと結婚できないかなって」

「もっと周りの男を見ろよ。優里、器量はそんな悪くないんだから」

玲人くんが私の容姿を褒めるなんて、明日は雹《ひょう》が降るかも。

いや、単に私の注意をよそに向けたいだけなんだろうな。

「玲人くん以外の男性はみんなじゃがいもに見えるんだよね」

玲人くんひと筋だとアピールするが、そこはスルーされた。

「じゃがいもねえ。お前がどういう脳してるのか見てみたい」

「やめて。脳外科医の玲人くんが言うと洒落になんないよ」

ブルッと身体を震わせ自分の肩を抱きながら文句を言ったら、彼がクスッとした。

「ただの冗談だよ」

「玲人くんなら脳なんて見なくても私の思考くらいわかるでしょう?」

「百パーセント俺のこと考えてる」

自信満々に答える彼に、にっこり笑って訂正する。

「惜しい。九十パーセント玲人くんで、残りの十パーセントはどうしたら玲人くんと結婚できるかなって」

「百パーセント俺のことじゃないか。俺は結婚なんかしないから諦めるんだな」

残念な子を見るような目で言われたけれど、そんな彼の冷たい対応も私には愛おしい。

「でもね、人生なにが起きるかわからないじゃない? だから、頑張るよ」

「なにを頑張るんだか。もう病人は早く寝ろ」

私との会話に飽きたのかポンと頭を叩いてきた彼に、上目遣いで訴える。

「玲人くん、寝すぎて眠れない」

怒られるのは覚悟の上。でも、医者の彼ならなんとかしてくれるような気がした。

一種の甘えなのかもしれない。

「……面倒な奴」

ハーッと溜め息をついて、急に彼が覆い被さってくる。

「これで眠れるだろ？」

唇が重なったかと思ったら、クチュッと玲人くんが私の唇を甘噛みしてきて、石のように固まった。

# 居ても立っても居られなくて ― 玲人side

「玲人くんなら脳なんて見なくても私の思考くらいわかるでしょう?」

優里に聞かれ、間髪入れずに答える。

「百パーセント俺のこと考えてる」

考えるまでもない。こいつとは中学生の時からの付き合いだ。

身内同然だったので、性格は熟知している。

嘘はつけず、まっすぐで、あっけらかんとしていて、明るい。ポジティブな性格で、小さい頃に両親を亡くしているせいか、決して人に弱味は見せない。

かくいう俺は四条玲人、三十二歳。身長は百八十五センチ。髪はダークブラウンの
短髪。彫りの深い顔立ちのため、日本にいるとよくハーフと間違えられる。

ずっとアメリカの病院にいたが、父にそろそろ日本に戻るよう言われ、今年の七月に帰国した。今は実家が経営している四条総合病院に脳神経外科医として勤務。月に数度、系列の診療所にも顔を出している。

結婚はしていないし、特定の恋人もいない。基本的に女は嫌いなので、一生独身で

いるつもりだ。ひとりでいる方が静かに暮らせる。

実際、アメリカではそうだった。家と勤務先の病院の往復。病院に寝泊まりすることなんてざらだったが、女に付きまとわれることに比べれば苦ではなかった。

日本にいた時はいつも女にしつこく絡まれて、辟易《へきえき》していた。

目の前にいるこの優里も例外ではない。

俺に一目惚れしたとか言って、うちの実家に住んでいた時はべったりくっついてきて、どんなに素っ気なくしてもニコニコ笑って俺のそばにいようとした。

「惜しい。九十パーセント玲人くんで、残りの十パーセントはどうしたら玲人くんと結婚できるかなって」

俺の返答を聞いて、彼女は無邪気に笑ってみせる。

「百パーセント俺のことじゃないか。俺は結婚なんかしないから諦めるんだな」

お前を好きになることはないと暗に伝えたのだが、彼女は俺の目をまっすぐに見て言い返す。

「でもね、人生なにが起きるかわからないじゃない？　だから、頑張るよ」

このポジティブな思考には俺も脱帽する。

「なにを頑張るんだか。もう病人は早く寝ろ」

優里の相手をするのも疲れてきてそう命じるが、駄々をこねられた。

「玲人くん、寝すぎて眠れない」

今日一日こいつに振り回されたのに、まだ言うか。

「……面倒な奴」

早く黙らせたくて、優里の唇を奪った。

「これで眠れるだろ？」

よほど驚いたのか、彼女が大きく目を見開いたまま動かなくなった。

予想通りの反応。

このまま大人しく寝てくれると思ったが、やはり優里は優里だった。

「……な、な、なんでキス？」

激しく動揺しているようで、うわずった声で俺に質問してくる。

「ショックですぐに黙って寝ると思ったが、なにをしてもうるさいのは変わらないな」

実験の失敗をひとり淡々と受け止め、平然とそう返せば、彼女が恨みがましい視線を向けてきた。

「……余計眠れないよ」

優里はボソッと文句を言って、俺に背を向け、布団をかぶる。

そのまま静かになる彼女の横でタブレットをまた見ていたら、しばらくしてスーッと規則正しい寝息が聞こえてきた。

「ホント、世話の焼ける」

一応キスの効果はあったようだな。

優里の方に目を向け、ハーッと息を吐く。

今日彼女が先週と同じように診療所に現れた時は、また俺の顔を見に来たのかと思った。だが、顔色が悪いし、様子もおかしい。

『もう診察終わったし、送ってく』

優里の診察が今日の最後だったこともあり、彼女を追って薬局へ行くと、そう声をかけた。

妙な胸騒ぎがしたというか、彼女が心配だったのだ。

不眠や不正出血が気になる。

嫌がる優里を半ば強引に内診させたのは、ガンの可能性もあったから。

内診を担当した先生の報告やエコー写真を見る限りでは、幸い大した異常はなかった。だが、ガンかどうかは検体の検査結果を待たなければわからない。

いつもへらへら笑っていた奴が具合が悪いと、こっちも調子が狂う。

それに、俺が内診するというだけで、あんなに全力で拒否されるとは思わなかった。

常々俺が好きだとアピールしているのに、他の医師の内診は素直に受けるのはなんとなくおもしろくない。

幼馴染だし、昔は一緒に住んでいたから気になってしまうのかもしれない。

優里のアパートに着くまでの間、彼女の祖母のことを尋ねた。

『華江さん、うち辞めて老人ホームにいるんだって？　元気にしてるのか？』

母親から話は聞いていたが、彼女の祖母にずっと会っていなかったので気がかりだったのだ。

『うん。老人ホームで友達もできて元気にしてるよ』

抑揚のない声で返す優里の言葉に驚いて聞き返した。

『老人ホーム、お金かかったんじゃないのか？』

公的な施設は順番待ちで入居までに時間がかかる。私的施設ならすぐに入れるが、費用が高額なのだ。年金だけでは賄えないし、優里もそこまでの稼ぎはないはず。

『玲人くんのおじいちゃんがおばあちゃんが辞める時に退職金をくれて、すぐに老人ホームに入れるよう口利きまでしてくれて……。退職金で足りない分は、私の両親の保険金を使ったんだ。おばあちゃん、足腰が弱ってきて預けるしかなかったの』

両親の保険金か。祖母のために使うところが彼女らしい。

本当は自分の進学や住居費に充てたかったのではないだろうか。

アメリカにいた時、優里は奨学金制度を利用して大学に通っているという話を姉から聞いた。恐らく働きながら奨学金を返済しているのだろう。

今勤めているのも、いい職場環境とは言えない会社のようだった。

優里のアパートを見た時は、アメリカに行った時よりもカルチャーショックを受けた。

『ここに住んでいるのか？　しかもこの騒音……』

古ぼけたアパート。部屋はうちの玄関ほどの広さで、住人もガラの悪い男が多い。

アパートの玄関で優里が倒れた時、彼女の部屋に寝かせようとも考えたが、隣の騒音があまりにうるさくて置いておけなかった。

あんな部屋に住んでいたら、眠れないのも当然だ。

仕方がないから俺の同僚を呼んで、彼女をうちに運ぶのを手伝ってもらった。

かなり体調が悪かったのか、優里はマンションに連れてきても気を失ったままだった。

もし俺がいなかったら大変なことになっていたかもしれない。

彼女はひとり暮らしで、唯一の家族である華江さんは現在老人ホームにいる。家政婦をしていた頃から穏やかで優しい人で、孫の優里に対しても怒ったところを見たことがない。そんなふたりが支え合って生きていく様を、俺と俺の家族はそばで見てきた。

両親がいない優里は華江さんと一緒に俺の実家の離れに住み、学校が終わると華江さんの仕事を手伝っていて……。小さいのに偉いなって、口には出さなかったが思っていた。

華江さんが俺の実家の家事を担当していたので、優里はよく華江さんと一緒にキッチンにいた。

野菜の下ごしらえをしているふたりを眺めながらリビングで読書をした日々。

優里に付きまとわれるのは嫌だったが、祖母と孫のほのぼのとしたやり取りを聞くのが好きだった。とても穏やかで心が安らぐ時間だったのだ。

うちの母親はお嬢さま育ちで料理が一切できなかったから、俺も姉も華江さんの料理を食べて育ったと言っても過言ではない。

だから、華江さんにはとても感謝しているし、優里のことも放っておけない。

優里が困っていれば手を差し伸べるのは当然だ。といっても、彼女は決して俺に助けは求めない。なので、俺が強引に事を運ぶ必要がある。

あのアパートに帰すわけにはいかない。

そう思って、優里が寝ている間に、東京に戻ってきた姉に連絡をして、俺のマンションまで来てもらった。

『まだ体調が万全じゃないから休ませてる。起きたら、姉貴のところでしばらく優里を預かってくれないか?』

漆黒の長い巻き髪に、真っ赤なルージュ。全身を黒でまとめ、颯爽《さっそう》と現れた姉に単刀直入に言うと、間髪入れずに冷たく断られる。

『ダメよ』

いつも我儘で傍若無人《ぼうじゃくぶじん》な姉だが、優里のことはかわいがっているからてっきり引き受けてくれると考えていた。

『は?』

思わず顔をしかめて姉を見据えれば、彼女は自分勝手な発言をする。

『優里ちゃんの事情はよーくわかったわ。でも、私は新婚なの。あんたが責任持って最後まで面倒見なさい。邪険に扱ったら許さないわよ。優里ちゃんは私の妹同然なんですからね』

女王さまのような態度で命じて、俺の胸をトンと叩く。

だったら実の弟である俺はどうでもいいのか？とつっこみたくなった。

そもそも俺が女嫌いになったのは、俺を下僕《げぼく》のように扱うこの姉と、俺に過干渉してくる母親のせいだ。

姉は俺がアメリカにいる時でも時差も考えずにパソコンの操作がわからないと電話してきたり、父親に頼まれた会合に出るよう面倒を押しつけてきたり……と厄介な存在。

母親も母親で、もう俺は成人しているというのに毎日のように『なにか困ったことはない？』と電話をかけてくるし、俺のマンションに勝手に来て冷蔵庫に食材を入れていくのだ。

『だったら姉貴が面倒を見ればいい』

カチンと来て言い返すが、姉は譲らない。

『玲人が連れてきたんでしょう？　ちゃんと責任持ちなさい』

『俺のところにいさせるのは世間体が悪い』

独身の男と一緒に住むのはマズいだろ。

『それを含めて責任取りなさいよ』

どこか楽しげに目を光らせて姉がとんでもない発言をするものだから、呆気に取られた。

『は？　なにを滅茶苦茶なことを言っている？』

『どうせ誰とも結婚する気がないんだからいいじゃない。あんたも周囲から結婚しろってうるさく言われることもなくなるわよ』

確かにアメリカから帰国してから、祖父や父に見合いを勧められるようになって、うんざりしていた。

しかも、姉が今年結婚したものだから、身内は余計に俺の結婚に関心を持っている。

結婚する気はないと言っても周囲は引かないのだ。

『優里を都合のいい道具にするつもりはないよ』

面倒な結婚から逃れるために彼女を利用するなんてできない。

『だったら優しく愛してあげるのね』

フッと微笑する姉がなにかを企んでいるように思えて、眉間にシワを寄せた。

『俺には無理な話だ……!?』

反論する俺に、姉は持っていた紙袋を押し付けるように手渡す。

『はい、これ、優里ちゃんの着替え。いらないからあげるって言っておいて。新しい下着も入ってるわ。じゃあ』

『ちょっ……勝手に話を終わらせるなよ』

帰ろうとする姉を引き止めようとしたが、彼女は俺の顔も見ずにひらひらと片手を振る。

『私は忙しいの。優里ちゃんひとり守れないようでは、あんたに医者の資格なんてないわよ。しっかりお世話しなさい』

ガチャンとドアが閉まる音と共に、姉は俺の家を後にする。

ドアを鋭く睨みつけると、チッと舌打ちした。

『まったくあの人は……。結婚してもあの性格は変わらないな』

変わるのは愛する夫の前でだけ。姉をもらってくれた義兄は四条総合病院で小児科医をしているのだが、温厚で子供の扱いもうまく、評判もいい。姉の相手も手慣れていて、義兄の前では尊大な姉もおしとやかになる。

姉を難なく懐柔しているという点で義兄は只者ではないと思う。今さら姉の俺に対する態度は変わらないだろうが、義兄の人当たりのよさは同じ医者として見習いたい。

『さて、優里のこと、どうしようか』

優里が住めそうなアパートもネットで探してみたものの、セキュリティ面や設備に不安があってよさそうな物件は見つからない。

俺が新たにマンションを借りてもいいが、それだと優里がお金を気にして断るだろう。実家の離れも今は取り壊して物置になっている。

俺には優里を預けられるような女友達もいない。かといって、あの古ぼけたアパートには置いておけなかった。俺のところで預かるしかないのだ。

部屋は余っているし、優里が新しい物件を見つけるまで住まわせるなら問題ないか。

まあ、現状それしか方法がない。優里が頼れる人間なんて俺しかいないのだから。

気ままなひとり暮らしではなくなるのは嫌だが、優里がこのままあのアパートに住んで身体を壊すよりはずっといい。

今後のことを考えていたら、彼女が突然寝返りを打って俺の名前を呼んだのでビクッとした。

「玲人……くん」

なんだ？と思ってよくその顔を見たら、目は閉じたまま。

「ただの寝言か」

なんの夢を見ているんだか。夢まで俺が出ているなんて呆れる。

俺なんかのどこがいいのだろう。普通の人より見目がいいのは自覚しているが、こいつに優しくしてやったことはない。なのに俺を見ただけで、パッと花が咲いたように笑うのだ。

俺を好きだと言うのは、年上に対する憧れだろう。

一緒に育ってきたから彼女のことは家族のように思っている。だから、いつか誰かいい人を見つけて幸せになってほしい。

天使のように眠る優里をじっと見つめると、彼女の頭をそっと撫でて俺も眠りについた。


次の週の月曜日——。

「玲人先生、この前頭葉に腫瘍《しゅよう》がある患者さんなんですけど……手術は難しいでしょうか？」

医局でメールを見ていたら、隣の席の後輩医師がカルテやＭＲＩの画像を出して俺に意見を求めてくる。

「ああ。言語野に腫瘍はあるけど、手術はできる。覚醒下手術で腫瘍を摘出して、大切な脳機能は温存していく方向で患者さんにも話をするといい。手術では俺が前立ちするから、心配はいらない」

ポンと後輩医師の肩を叩いて話を終わらせると、白衣姿でライトブラウンの短髪の男が現れて俺に声をかける。

「よお四条、あの女の子、元気になったのか？」

長身で肌が小麦色に焼けていて耳にピアスをしているこの男は、医大で実習が一緒だった乳腺外科医の笠松翔吾《かさまつしょうご》。派手な見た目だが、腕は確かで乳腺科のホープだ。

優里がアパートで倒れた時、彼を呼び出して、俺のマンションに運ぶのを手伝ってもらった。

「ああ。今日は普通に会社に行った」

淡々と返せば、笠松は俺の横にあるソファに腰を下ろした。

「それはよかった。今度高級しゃぶしゃぶ奢《おご》れよ」

「金払うからひとりで行ってこい」

長財布から一万円札を数枚取り出して彼に差し出すが、受け取らない。

「つれないなあ。ひとりじゃつまらないだろ？　それにしても、女のことで俺を呼び出すなんて初めてでビックリしたぞ。いつも女に無関心のお前がさあ。一体彼女とどういう関係だ？　しかもすげーかわいい子だったよなあ」

いつもの悪い癖。医者としては有能だが、いかんせんこいつは女癖が悪い。

「ただの幼馴染だ」

素っ気なく返しても、こいつはしつこく絡んでくる。

「ふーん。だったら、俺に紹介して。お前の女じゃなければいいだろ?」

「断る。面倒くさい。それにお前、こないだ新しく入った看護師と付き合ってなかったか?」

院内のカフェで仲良くランチしているのを見かけた。

「別れた。束縛してくるし、病院でも彼女面《づら》するから嫌気が差してさあ」

付き合うならある程度の束縛は覚悟すべきだと思う。

「だったら付き合うなよ」

「でも、俺モテるから来る者拒まず主義なんだよ」

いかに自分がモテるか自慢してきたので、適当に相槌《あいづち》を打つ。

「それはよかったな」

「おいおい、スルーせずにあの子紹介しろよ」

よほど優里を気に入ったのか、笠松は話を戻した。

「しつこい。来た女だけ相手にすればいいじゃないか」

顔をしかめて文句を言うと、彼はニコニコ顔で俺を説得しようとする。

「それだけじゃあおもしろくないだろ？　やっぱり気に入った子と付き合いたいな」

「お前には付き合ってられな――」

軽くあしらって話を終わらせようとしたら、若い女医がドアを開けて入ってきた。

「賑《にぎ》やかだと思ったら、笠松先生がいたんですね」

小柄で黒髪ボブ、白衣の下はアイボリーのブラウスに花柄のプリーツスカートというアイドルのような容姿をした彼女は、形成外科医の坂井瑠奈《さかいるな》。俺と同じ大学の二年後輩で、父親は医師会の理事に名を連ねる大学病院の教授だ。俺の父親も医師会の理事をしている関係で採用が決まり、今月からうちの病院で非常勤で働くことになった。

「やあ坂井先生、今日もお洒落でかわいいね」

笠松が坂井を褒めれば、彼女もニコッとして同じように返す。

「笠松先生、ありがとうございます。笠松先生もそのエンジ色のネクタイ素敵ですよ」

これはふたりにとってお決まりの挨拶のようなもの。笠松も本気で口説いてはいないし、坂井も軽くあしらっている。

「イケメンでモテモテの先生ふたりが、なんの話で盛り上がっていたんですか？」

坂井がニコニコ顔で尋ねて、笠松が楽しげに答える。

「それは四条がかわいい――」

優里のことを話そうとする笠松をギロッと睨みつけて黙らせた。

「え？　玲人先生がかわいいってどういうことですか？」

坂井が首を傾げ、説明を求める。『玲人先生』というのは、ここでの俺の呼び名だ。院長である親父と区別するため、四条家の人間である俺と姉は病院の職員に下の名前で呼ばれている。

「あー、四条がこないだ慶子先生にからかわれてかわいいなって……ハハッ」

笠松がごまかすと、坂井がうらやましそうな顔をした。

「私もその場にいたかったなあ」

「いなくていい。で、坂井先生、なにか用？」

早く出ていってもらいたくて坂井に用件を聞くと、彼女が俺に紙袋を差し出した。

「玲人先生、お昼作ってきたんですけど、食べてくれませんか？」

「悪いけど、他人が作ったものは食べられないんだ」

紙袋を受け取らずに素っ気なく返したら、コミュ力に長けた笠松が俺のその冷淡な発言をすかさずフォローする。

「そうそう。昔からこいつバレンタインのチョコとか全部断っててさあ。手作りってダメらしいんだよねえ」

笠松が言ったことは本当。中学の時にもらった手作りチョコに髪の毛が入っていて、それ以来他人が作ったものは食べられなくなった。

例外は、華江さんや優里の手料理。それは昔からふたりが作る食事を食べて育ったからだろう。

「え？ そうなんですか？ 残念」

ちょっと悲しそうな顔をされたが、気にしてはいられない。

「せっかくだから俺が食べてあげるよ」

笠松が手を伸ばすと、坂井は紙袋を引っ込めた。

「それはいいです。自分で食べます。笠松先生は看護師からいっぱい差し入れもらってるでしょうし」

「話がそれだけなら出ていってくれ――」

坂井を追い払おうとしたら、看護師が駆け込んできた。

「玲人先生、至急ERに来てください。交通事故で運ばれてきた患者さんが脳に損傷があって、ER部長が診てほしいそうです」

「わかった。状態によってはすぐ開頭手術になるから、手術室準備しておいて」

椅子から立ち上がって看護師に指示を出すと、笠松と坂井をチラッと見やった。

「さっさと自分たちの持ち場に戻ったら？」

笠松たちの返事を聞かずに、ERに向かう。

大きな事故だったのかERには外科医や内科医が集まっていて、運ばれてきた患者に処置を行っていた。

俺が処置室に入ると、ER部長に呼ばれた。

「玲人先生、こっちを頼む。この患者、嘔吐《おうと》して意識障害があるんだ。脳挫傷《のうざしょう》の疑いがあるから診てほしい」

ベッドに横たわる患者は頭を損傷し、足を骨折していた。

「私の声が聞こえますか？　聞こえたら、手を握ってください」

患者の手を取って声をかけるが、呼吸はしているものの握り返してはこない。

瞳孔《どうこう》反応はあり、頭部CTを撮ると、ER部長の見立て通り、脳挫傷だった。

すぐに脳神経外科の手術室に移して、緊急オペ。

数時間に及ぶ手術が終わったと思ったら、今度は脳梗塞《のうこうそく》の急患が運ばれてきてまた手術。

結局、仕事を終えて家に帰宅したのは、午前五時過ぎだった。

自宅マンションが病院から徒歩三分のところにあるのが救いだ。

ネクタイを外しながらリビングに行くと、優里がスーツ姿のままソファに横になっていた。

「……なんでソファで寝るかな」

着替えられないくらい疲れて帰ってくるなんて、大丈夫なのか？

社畜にされているような。

最近の身体の不調はアパートの騒音だけじゃなくて、仕事も問題なのでは？

しばらく様子を見るか？

ハーッと溜め息をついて彼女を抱き上げて寝室に運ぼうとしたら、目が合った。

「……今、何時？」

唐突に時間を聞かれ、「午前五時過ぎ」と反射的に返したら、優里が飛び起きた。

「会社行かなきゃ！　あ〜、スーツのまま寝ちゃった！」

慌てたように叫んだかと思ったら、すぐにリビングを出ていく。

呆気に取られ、脱力してソファに横になる俺。

「朝からうるさいな」

フーッと息を吐いて目を閉じる。

十分ほどすると、廊下の方でバタバタと音がして、玄関のドアがガチャンと閉まる音がした。

もう出ていった……と思いつつも、あまりに疲れていて睡魔が襲ってくる。

おまけにソファから優里の甘い匂いがしてなんだか余計に眠くなり、身体からスーッと力が抜け、そのまま意識を手放した。


ハッと目が覚めたのは、その二時間半後の午前八時。

シャワーを素早く浴びて、八時半に病院に出勤した。

かなり寝不足だが、これはいつものこと。

回診、外来診察、手術と仕事をこなして、火曜日は午前零時にマンションに帰る。

コンシェルジュデスクで荷物を受け取り、自分の部屋へ――。

荷物の中身は俺と同機種のスマホ。優里のスマホが使えなくなると困るので、注文しておいたのだ。

「疲れた」

ボソッと呟きながら鍵を開けて中に入るが、玄関に優里の靴がない。

まだ帰ってないのか？

そう思いながら家に上がり、真っ先にシャワーを浴びて、夕飯を食べようとキッチンへ行く。

家の中は静かで、キッチンにもリビングにも優里の姿はない。

「いつになったら帰ってくるんだ？」

朝も俺が帰ってすぐに会社に行ってなかったか？

十二時半を過ぎても優里が帰ってこなくて、さすがに心配になった。

スマホを手に取り、ＧＰＳで彼女がどこにいるか確認すると、まだ会社だった。

今朝スーツ姿でソファで寝てたってことは、昨夜だって相当帰りが遅かったはず。

もう終電だってない。

【時間が遅いのでこれから迎えに行く】と優里にメッセージを送り、車を走らせて彼女の会社に向かう。

会社の近くにあるパーキングに駐車してスマホを見るが、彼女からメッセージは来ていないし、既読すらついていなかった。

「仕事に集中しすぎて俺のメッセージに気づいていないのか？」

どんだけ仕事してるんだ？

ハーッと溜め息をつきながら電話をかけると、数コール後に優里がようやく出た。

《はい、玲人くん。どうした――》

すぐに彼女の声が途切れて、知らない男性の声がする。
《木村ちゃーん、遅いよ。ダメじゃないか。仕事中に隠れて電話なんかして》
相手は酔っ払っているのか、優里が注意する声が聞こえた。
《部長、いい加減にしてください！》
部長？　上司に絡まれているのか？
「優里！　どうした？」
彼女に問いかけるが応答はなく、ふたりの会話が聞こえてくる。
《木村ちゃん、照れてる？　かわいいなあ。ちょうど誰もいないし、俺と楽しもう》
《ぶ、部長、正気に戻ってください！》
緊迫した彼女の声に、マズい状況だと思った。
優里が危ない！
急いで車から飛び出すと、走って彼女の会社に向かった。

# 彼の胸の中で

「え〜と、おにぎりにゼリーに、チョコに、エナジードリンクにお茶」

火曜日の朝、会社近くのコンビニに立ち寄る。

恐らく今日も一度会社に入ったら、夜になるまで出られないだろう。

昨日はなんとか終電に間に合ったけど、間違えて自分のアパートに帰ってしまい、徒歩四十分かけて玲人くんのマンションにたどり着いた。

着いたのは午前二時過ぎ。でも、玲人くんはまだ帰ってなかった。

仕事がきつくて死にそうになってた自分がなんだか恥ずかしく思える。玲人くんの方がもっと激務だ。しかも、人の命を預かる仕事。ミスは許されない。

玲人くんも身体壊さないといいな……なんて考えながらリビングのソファに座り、そのまま気づけば気を失うように眠っていて、彼が帰ってきたタイミングでバチッと目が覚めて……。

マンションで三時間しか寝てないから、まだ眠い。

でも、土日にたっぷり寝たからその貯金があるだけ、先週よりはマシだろう。

それに、玲人くんのマンションという安心感がある。

今日は日付が変わる前に帰りたいな。

土曜日に玲人くんにキスされたけど、あまりに仕事が忙しくてそのことを深く考える余裕もない。

そもそも玲人くんにしてみれば意味なんてないのよね。ただ単に私の口を封じたかっただけ。その効果はすごかった。

ただただ驚いてパニックになって、キャパオーバーでいつの間にか寝てたもん。

日曜の朝起きたら、玲人くんはいなくて、ダイニングテーブルに【病院に行ってくる。これ優里の鍵】と短いメモとマンションの鍵が置かれていた。で、彼が帰ってきたのは深夜だったし、私も月曜は忙しかったから、まともに話をしていない。

玲人くん、ちゃんと食事してるかなあ……って、いつまでもコンビニでボーッとしてちゃいけない。早く会社に行かないと。仕事が溜まっているのだ。

会計をしてコンビニを出ると、すぐ隣の雑居ビルに入った。

エレベーターに乗って三階に私が勤務するS紅茶がある。オフィスの広さは三十畳ほど。部署ごとにパーティションで仕切られていて、私のデスクはフロアの右奥。私の隣の席の人はすでに出社していて、自席に着くと挨拶した。

「津田《つだ》さん、おはようございます。早いですね」

津田さんは私の先輩にあたる男性社員。三十歳で独身。ひょろっとしていて、いつもよれよれのスーツを着ている。

「いや、昨日泊まりで仕事したから。顔洗ってくる」

津田さんの返答を聞いてよくよく彼の顔を見たら、無精髭《ぶしょうひげ》が伸びていて、顔も青白かった。

彼がオフィスを出て、向かい側にある洗面所に行くと、パソコンを立ち上げながら、コンビニで買ってきたおにぎりを食べる。

昨日の仕事もヘビーだったせいか、食欲はあまりない。お茶でおにぎりを流し込み、玲人くんに処方してもらった薬を飲む。それから、エナジードリンクを飲んで仕事に取りかかると、津田さんがコーヒーを手に持って戻ってきた。

彼と今日の業務を確認し、溜まっていた仕事を片付けていく。

祖母がいて海外勤務ができないから一般事務で入ったのに、営業職の社員の仕事も最近振られがち。

英語は昔から得意だったし、受験で猛勉強もしたから仕事で使うのは問題ないが、取引先からの電話の対応にはあたふたする。

先輩の津田さんは総合職で仕事もできる感じだけれど、業務をたくさん抱えているのであまり頼れない。今日も見るからに具合が悪そうだ。

もう始業時間になるのに、私の斜め前の席の先輩社員が出勤してこない。しばらく待っても来なくて、電話をかけてみたが繋《つな》がらなかった。

その様子を見て、津田さんがボソッと言う。

「またひとり消えたな」

私が入った時、事務は五人いたのだけれど、これで三人消えた。募集をかけて新しい人が入ってもすぐに辞めていく。

「そのうち誰もいなくなっちゃうかも」

ハハッと笑って冗談を口にするが、言ってから後悔した。

冗談じゃなくて現実になるかもしれない。

ちょっと青ざめながら仕事をしていたら、社長の甥《おい》だという部長がふらっとやってきて私に命じた。

「木村さん、今日一時からのF社との商談、代わりに出ておいて」

細身で吊《つ》り目の彼は年は四十歳で、津田さんの話ではまったく仕事のできない部長らしい。確かにデスクに座っていてもスマホをいじっているだけで、仕事をしている様子はまったくない。

　F社との商談だって、昨日専務に頼まれてませんでしたか？

「代わりにって……え？　商談内容をまったく知りませんが」

　部長の言葉を聞いてギョッとする。

「あ〜、多分資料が共有フォルダに入ってるから適当に頼むよ。あと、送金が確認できないってイギリスのY社からクレーム来てたらしいから、調べて返事しておいて」

　私に丸投げしてこの場から去ろうとする部長を引き止めた。

「え？　ちょっと……部長、待ってください。私、自分の仕事だってあるのに」

「今からそれも君の仕事。じゃあ、俺は役員と打ち合わせあるから」

　ひらひらと手を振って、部長は消える。

　文句を言いたいが、言ってもなにも変わらない。

　ハーッと諦めの溜め息をつくと、急いで共有フォルダや取引の履歴をチェックして、資料を作成する。慣れない仕事で、F社との約束の時間ギリギリまでかかった。

　商談は紅茶の取引についてだったが、最近の円安のせいで紅茶の価格が高騰《こうとう》し、相手のオーケーを得られず、また後日話し合うことに。

　価格は私の一存で変更なんかできない。それこそ部長の出番だろう。

商談が終わると、銀行送金の確認。単純にうちの手続きがされていなくて、私が銀行で手続きをしてY社にメールで謝罪文を送った。

経理担当者は先週辞めてしまったから、今は私が代わりにやるしかない。こんな風にどんどん仕事が増えていく。

来週新しい経理の人が入るらしいけど、もっと早く来てほしい。お給料の振り込みも滞ってしまわないか心配だ。

気づけばもう夕方になっていて、なんだか途方に暮れた。

これは今日は私も泊まりになるかもしれない。

チラッと津田さんに目を向ければ、彼には生気がまるでなかった。

「津田さん、帰った方がいいです。私のためにもそうしてください」

これ以上離脱者が出ては困る。

「……うん、そうさせてもらう。木村さんも転職考えた方がいいよ」

か細い声でそう言って、津田さんが帰っていく。

――木村さん〝も〟？

彼が発した言葉にいささか不安を抱いたが、あまり深く考えないようにした。底なし沼にはまっていく気がして仕事が手につかなくなると思ったのだ。現実逃避に近いかもしれない。

気分を変えたくて、ゼリー飲料を飲みながら仕事を続ける。

夜になると、オフィスには私ひとりになった。

静かになると思いきや、電話が鳴ってまた新しい仕事が増えていく。

ああ……玲人くんのマンションに早く帰りたい。でも、彼だって今、病院で頑張っているはず。私も人の命に関わる仕事だと思えばいいんだ。

黙々と仕事をしていたら、カツンカツンと靴音が聞こえた。

「あれ～、まだ木村ちゃん仕事してたの？」

へべれけ状態の部長が現れ、思わず苦笑いする。

『木村ちゃん』て……部長相当飲みましたね。

「はい。まだ仕事が終わらなくて。すみません」

「もう終電ないいんじゃない？　深夜だとタクシーも捕まりにくいし、俺の家に来る？」

酔っ払いの戯言《ざれごと》、真に受けてはいけない。

「なにか忘れ物ですか？」

部長の発言はスルーしてオフィスに戻ってきた目的を尋ねると、部長がよろよろしながら私の席までやってきた。

「ああ。スマホ忘れちゃってさあ。ないと不便だから」

「そうですね。気をつけて帰ってください」

早く仕事をしたくて話を終わらせようとするも、彼はしつこく絡んでくる。

「木村ちゃん、優しいね。うちの連中は俺が英語苦手だからってみんな馬鹿にするんだ」

おもしろくなさそうに不満を口にする部長に少し同情し、励ましの言葉を口にする。

「そうですか。でも、人の言うことなんて気にすることないですよ」

「そんな風に言ってくれるの木村ちゃんだけだよ。ねえ、俺の愛人になる気はない？　社長の甥だし、美味しい物いっぱい食べさせてあげるよ」

部長が顔を近づけてきて、顔をしかめた。

うっ、お酒臭い。早く帰ってくれないかな？

「部長酔ってますね。私、ちょっと水取ってきます」

そう言って席を立って、オフィスの奥にある給湯室へ向かうと、ポケットに入れておいたスマホがブルブルと震えているのに気づく。

スマホを出して確認したら、玲人くんからの着信だった。

ん？　どうして電話してきたんだろう？

通話ボタンを押して、「はい、玲人くん。どうした――」と電話に出たその刹《せつ》那《な》――。

「木村ちゃーん、遅いよ。ダメじゃないか。仕事中に隠れて電話なんかして」

部長に背後から抱きつかれてビクッとした。

首筋に酒臭い息がかかるし、それになにより密着状態で鳥肌が立つ。

「部長、いい加減にしてください！」

もがいて部長の手を振りほどこうとするが、やはり男性だけあって簡単に離れてくれない。

《優里！　どうした？》

持っていたスマホから玲人くんの声が聞こえたけれど、緊急事態で応える余裕なんてなかった。

「木村ちゃん、照れてる？　かわいいなあ。ちょうど誰もいないし、俺と楽しもう」

部長が私の頬に顔を近づけてきて、心臓が縮み上がった。

「ぶ、部長、正気に戻ってください！」

酔っ払いとはいえ、これは許されるものではない。

必死に叫んで離れようとするけれど、部長は全然私の言うことを聞いてくれないばかりか、さらに度を越した行動に出る。

「木村ちゃん、俺のこと好きでしょ？」

部長が私の顎を掴んできてキスされそうになり、とっさに肘で思い切り部長の腹部を突いて抵抗した。

「嫌！」

「あっ！」と声をあげて部長がバランスを崩し、しりもちをつく。

その隙に給湯室から逃げるも、あまりに気が動転していたせいで足がもつれて転んでしまった。

「うっ、痛い……」

顔をしかめて痛みをこらえながら起き上がろうとしたら、部長の声がして固まった。

「木村ちゃん、どこ行った？　ははは、かくれんぼか？　本当に照れ屋さんだなあ」

デスクの陰になっていて、どうやら私の姿は見えないようだ。

とりあえずホッとしたが、このままでは見つかってしまう。

手に持っていたスマホを無造作にポケットにしまい、息を殺して床に這《は》いつくばりながらドアの方に向かう。

「木村ちゃーん、恥ずかしがらないで出ておいで」

部長が笑いながら私の方に歩いてくる。

怖かった。恐ろしかった。

このままでは部長に襲われる。

「木村ちゃーん、ここかな？　あれ、違ったか。どこだあ？」

部長の声は陽気だったけれど、私には恐怖だった。

これがただの悪夢だったらいいのに……。でも、これは現実。なんとかしてオフィスを出なきゃ。

今はそれしか頭になかった。

部長の動きを見ながら机の下に隠れたりして、オフィスの中を少しずつ移動する。

相手が酔っ払いでよかったかもしれない。もし素面《しらふ》だったら、すぐに捕まっていただろう。

部長に捕まる前になんとかオフィスを出たものの、エレベーターが来るのが遅くて部長に見つかってしまった。

「あっ、木村ちゃん、みっけ！」

「嫌！　来ないで！」

不気味に笑う部長に向かって震えながら叫ぶと、ようやく来たエレベーターに乗り、操作パネルの閉ボタンを連打する。

ふらつきながら部長がこちらにやってきたけれど、すんでのところでエレベーターの扉が閉まった。

「早く、早く、下に着いて！」
三、二……と変わる階数表示を怯《おび》えながらじっと見つめる。
「遅い……よ。もっと早く」

ようやく一階に着いて、小走りでビルの外へ出たところで、「木村ちゃーん、今度は鬼ごっこかな？」と部長に手首を掴まれた。恐らく非常階段で下りてきたのだろう。

「もうお遊びは終わりにしようか？」

ニヤリと怪《あや》しく目を光らせる部長を見て、心臓が一瞬止まったような気がした。

「離して！　嫌！」

激しく抵抗して部長の顔を思い切り引っ掻いたら、部長が「うわっ！」と呻《うめ》いた。

逃げなきゃ……と思うけれど、怖くて足が動かない。

どうする？　夜遅いせいか人通りはなく、助けも呼べない。

「おいたがすぎるな」

私に引っ掻かれたせいか、部長はもう笑っていなかった。据わった目で、私の手首を圧迫するくらい強く掴んでくる。

「さあ、ホテルにでも行って楽しもうか？」

「……い、嫌」

喉の奥から声を絞り出し、首を左右に振る。本当に怖いと、思うように動けないし、声も出ない。

だ、誰か助けて！　玲人くん！

心の中で願うが、助けなんて来ないと思った。

でも……玲人くん以外の男性には触れられたくない。

現実から逃げたくて、ギュッと目を閉じる。

お願い。誰か……。誰か来て。このままだと、ホテルに連れ込まれる……。

祈ることしかできないなんて、私は……無力だ。――もう……ダメ……。

絶望が私を襲ったその時、「優里！」と玲人くんの声がすると同時に、部長の手が私から離れた。

恐る恐る目を開けると、目の前に玲人くんがいて部長の手を捻り上げている。

「汚い手で彼女に触れるな！」

その場の空気が一瞬で凍りそうなくらい冷たく、怒気を含んだ声で玲人くんが部長に言い放つ。

「玲人……くん？」

小さい頃から知っているけれど、彼がこんなに怒った姿を初めて見た。

私が怒られているわけでもないのに、彼の怒りでなんだか肌がチクチクする。まるで極寒の雪山にいるみたいだ。怒りで見るものすべてを凍らせそう。

部長は、「痛っ……。す、すみません」と呻きながら玲人くんに謝っている。

「いいか、二度と彼女に近づくな。地獄を見ることになるぞ」

震え上がるくらい凄まじい怒りを漲《みなぎ》らせて部長にそう告げると、玲人くんは部長の手を放した。

「は、はい――」

部長は狼狽えながら返事をして、この場から立ち去る。

酔っぱらっているのにその逃げ足は速かった。よほど玲人くんが怖かったのだろう。

呆然と突っ立っていたら、玲人くんに両肩を掴まれてハッとした。

「大丈夫か？」

玲人くんが気遣わしげに声をかけてきて、「……うん。大丈夫。大丈夫」と条件反射でへらへら笑って返したが、彼はジーッと見据えてきて私を叱る。

「馬鹿。無理するな。手、震えてる」

「え？　手？」

自分の身体なのに手の震えには気づいていなかった。それだけ衝撃が強すぎて、感覚が鈍っていたのかもしれない。

呆然と震えている手に目をやると、玲人くんが私を抱きしめてきた。

「もう大丈夫だから」

玲人くんがあまりにも優しい声で言うものだから、甘えるように彼をギュッと抱きしめ返した。

「玲人くん……」

怖い思いをしたから、彼に縋《すが》って安心したかったのかもしれない。

「大丈夫。俺がいるから大丈夫だ」

私の胸中を察したのか、彼は何度もその言葉を口にして、背中を撫でる。

どれくらいそうしていたのだろう。

ようやく心が落ち着いてきて今の状況に気づき、慌てて彼の胸に手を当てて離れた。

「ご、ごめんなさい。ちょっと動揺しちゃって」

「いいから。無理するな」

玲人くんが再び私を抱きしめてくる。

「なにもされなかったか？」

「……後ろから抱きつかれたけど……なんとか抵抗して……襲われずに済んだ」

少し声を震わせながらポツリポツリと答える私を、彼がかき抱いた。

「無事でよかった」

「うん」と私が返して、そのまま抱き合う。

しばらくすると、不意に玲人くんが「うちに帰ろう」と言って、私の背中を優しくポンと叩き、抱擁《ほうよう》を解いた。

「……ごめんね。玲人くん疲れてるのに」

また迷惑をかけてしまった。

「優里が無事ならそれでいい」

俯いて謝る私の手を引いて彼は車を停めていた駐車場に向かい、「さあ、乗って」と助手席のドアを開けた。

「ありがと」

礼を言って革張りのシートに座るけど、まだ動揺しているせいかシートベルトをうまく締められない。

「あれ？　……あれ？」

ひとりパニクっていたら、いつの間にか運転席に乗ってきた玲人くんが代わりにシートベルトを締めてくれた。

「ほら、これでいい」

小さい子供を相手にするように優しく微笑むと、彼はすぐに車を発進させた。

会社のビルがだんだん視界から遠ざかるのを見て安心する。

これで部長に襲われることはない。もう安全だ。

「あの……どうして玲人くん、会社に来てくれたの？」

彼が現れなかったらどうなっていただろう。想像するだけでも怖い。

「帰宅が遅いと思って電話したら、優里がさっきの男と揉《も》み合ってるような声がして、飛んできたんだ」

「ああ……」と頷いて、ポケットのスマホを手に取った。

そういえば玲人くんから電話がかかってきたんだっけ。部長に襲われそうになっててすっかり忘れてた。

「間に合ってよかった。本当に……」

ちょうど信号待ちになり、彼が私の顔をチラッと見て、ギュッと手を握ってくる。

その手が温かくて、泣きそうになったけどこらえた。

これ以上心配をかけちゃいけない。明日だって彼は仕事があるんだもの。

マンションに着いて玄関を上がると、玲人くんが私を気遣うように肩を抱いてきた。

「とりあえず、風呂に入ってきたら？」

「……うん。そうする」

何気なく乱れた髪を直しながら努めて明るく答えると、玲人くんがハッとした表情で私の手を取った。

「これは……ひどいな」

彼は私の爪が欠けた指や手首にくっきり残っている指の痕に目をやる。

こんな痣《あざ》ができていたなんて……。

部長に襲われそうになった時のことを思い出し、身体が震えた。

「優里？　大丈夫か？」

玲人くんが心配そうに私を見つめてきて、慌てて言葉を返す。

「だ、大丈夫。ちょっと部長のこと思い出しただけ」

笑ってみせようとするが、顔が強張《こわば》ってしまいうまく笑えなかった。

「手、痛くないのか？」

「……手は別に。でも、膝が痛いかな？　足がもつれて転んじゃって。だけど、こんなのすぐに治るから平気だよ」

玲人くんに心配をかけないようそう言い張るが、彼は信じない。

「平気なわけない」

玲人くんはリビングのソファに私を座らせると、救急箱を持ってきた。

「手当てする前に証拠として写真を撮る。大丈夫。悪いようにはしない」

彼の言葉に驚いたけれど、コクッと頷いた。

玲人くんは手首の痣や指の爪、膝の怪我などの写真を撮ると、次に優しい手つきで爪を整え、怪我の手当てをしていく。

「手首の痣は一週間くらいで消えると思うが、念のためテーピングしておく」

「うん。ありがと」

テーピングで手の痣が見えなくなって、少し気分が楽になった。

「テーピングがはがれたら言えよ。俺が直すから」

「大丈夫だよ。自分で直せるから」

平気な振りをしても、彼には私の心はお見通しのようで……。

「痣、見るのつらいだろ？」

「……ありがと。あの……シャワー浴びてきていい？」

礼を言ってソファから立ち上がろうとしたら、「待った。唇……ひどいな」と玲人くんに止められた。その目は私の唇に向けられている。

「転んだ時に、噛んじゃったのかも」

玲人くんが私の唇にそっと触れてきて、ドキッとした。

「後で軟膏《なんこう》を塗ろう」

触れられている間ずっと息を止めていて苦しくなる。

「……うん」

じっとしているのがつらくなって、小さく返事をするとすぐにバスルームに逃げ込んだ。今の自分をあまり玲人くんに見られたくなかった。なんだか汚れているような気がしたのだ。

服を脱いでシャワーを浴びるが、何度身体を洗っても部長の手の感触が消えない。

シャワーを終え、バスタオルを身体に巻きつけると、そのままバスマットの上に座り込んだ。

明日……会社行きたくない。また部長に襲われたらどうしよう？　顔を引っ掻いたことを責められたら？　日中でもどこかに閉じ込められるかもしれない。

怖い……怖いよ。

襲われそうになった時のショックがよみがえってきてすすり泣いていたら、バスルームのドアが開いて玲人くんが現れた。

「優里？」

「だ、大丈夫」

とっさにそう言ったら、彼がしゃがみ込みながら私の頭に触れてきた。

「泣いてるのに、大丈夫なんかじゃないだろ？　もうあの会社には行かなくていい」

「でも……私、パソコンの電源落として……ないの。どうし……よう」

逃げるように出てきたから、パソコンの電源も落とせなかった。

しゃくり上げながら一大事だと訴える私を抱き寄せて、玲人くんが優しく頭を撫でてくる。

「そんなの気にするな。もうなにも心配しなくていいから」

玲人くんの温かい声がじわじわと心の中に入ってくる。今まで抑えていたものが一気に溢れ出し、彼の胸の中で子供のように泣きじゃくった。

# 今夜は仕方がない ― 玲人side

「ああ、そういうことで頼むよ。遅くに悪かった。じゃあ」

電話を終わらせると、フーッと息を吐いてソファに身を預ける。

深夜だったが、弁護士をしている友人に連絡して優里のことを頼んだ。

上司に襲われそうになったことを伝え、警察沙汰にはしないが、精神的苦痛のため辞めることを会社に通告するよう依頼したのだ。

慰謝料は要求しない。もらったところで優里が喜ばないだろう。だが、彼女が働いた分の給料はきっちり払ってもらう。

こちらには昨夜の証拠もある。絶対に拒否はさせない。

未遂に終わって本当によかった。だが、彼女はかなりダメージを負っただろう。

手にくっきりついた指の痕。それを見た時ゾッとした。どれだけ強く掴まれたのか。

しかも彼女の手の爪がボロボロで俺が切って整えたのだが、皮膚の皮のようなものが付着していた。きっとかなり激しく抵抗し、相手の皮膚を引っ掻いたに違いない。

か弱い女性をあんな遅い時間まで残業させて襲いかかる彼女の上司が許せなかった。

電話でふたりのやり取りが聞こえた時は、血の気が引いた。

病院ではどんな状況であろうと落ち着いて対処してきた俺が、柄にもないほど焦って彼女の会社へ向かって……。

本当に間に合ってよかった。

優里は必死に俺の前で平気な振りをしようとしているが、見ていて痛々しい。本人がなんと言おうと会社は辞めさせる。あんなブラックな会社、安心して働かせられない。あいつをもっと懲らしめておけばよかった。

じっと空《くう》を見据え、鋭く睨みつける。

優里が受けた傷を思うと、怒りが全然収まらない。むしろ増長してくる。

俺と暮らし始めて事件が起こったのは、不幸中の幸いだった。もしまだひとり暮らしだったら、彼女は対処する術も知らず、会社の上司に襲われていたかもしれない。

今、優里はシャワー中。今日あったことをすべて洗い流せたらいいのだが、そううまくはいかないだろう。彼女はスパッと気持ちの切り替えができるほど器用な性格じゃない。

そういえば、シャワーにしては時間がかかりすぎじゃないか？

優里が気になって様子を見に行くと、バスルームからすすり泣きが聞こえた。

彼女が小学生の時から知っているが、泣くのは見たことがない。だが、今夜のようなことがあれば泣いて当然だ。

バスルームのドアを開けると、バスタオルを身体に巻きつけた彼女が泣きじゃくっていて、胸が痛くなった。

「優里？」

名前を呼ぶと、彼女はしゃくり上げながら「だ、大丈夫」と口にする。

「泣いてるのに、大丈夫なんかじゃないだろ？　もうあの会社には行かなくていい」

そっと優里の頭に触れて優しく言い聞かせると、彼女は精神的にもダメージを受けたせいか、今となってはどうでもいい心配をする。

「でも……私、パソコンの電源落として……ないの。どうし……よう」

仕事のことより、もっと自分のことを気にしろよ。

「そんなの気にするな。もうなにも心配しなくていいから」

優里を抱いてその頭を撫でてやると、彼女が声をあげて泣く。

ひとりでじっと耐えられるよりは、俺の前で泣かれた方がずっといい。

心の不安を全部俺に吐き出せ。何時間かかろうと付き合ってやるから。

どれくらいそうしていたのだろう。

優里が落ち着いてくると、抱擁を解いて、彼女の濡れた髪をドライヤーで乾かした。

「着替えは？」

バスタオルを巻きつけたままなのが気になって彼女に問うと、「……忘れた」と抑揚のない声で答える。

まあ普通の状態じゃないのだから仕方がない。

優里を抱き上げると、寝室のベッドに運び、とりあえず俺のＴシャツを着せた。

「ちょっと待ってて」

どこか虚《うつ》ろな表情の優里にそう声をかけて、キッチンでホットミルクを作り、寝室へ戻る。

「これ飲むといい。少しは落ち着くから」

ミルクの入ったマグカップを渡すと、彼女がポツリと呟いた。

「……お酒の匂いがする」

「香りづけにブランデーを入れただけだから酔わないよ」

俺の説明をカップを見つめたまま聞くと、彼女は「ありがと」と礼を言って口にする。

「……甘くて美味しい」

小さく笑う彼女を見て、少し安堵した。

「それはよかった」

「玲人くんがホットミルク作ってくれるなんて滅茶苦茶貴重だね。これ永久保存したい」

カップをとても愛おしそうに見つめる彼女に、呆れ顔で言った。

「そんなことしたら腐る。残さず飲めよ」

「うん。スマホで写真撮っておけばよかった」

とても残念そうに言うものだから、柄にもないことを口走ってしまう。

「大袈裟《おおげさ》な。飲みたければまた作るよ」

「約束だよ」

優里が嬉しそうに笑うので、「ああ。ただし一回だけ」とわざと意地悪く返した。

「ケチ。でも、一回だけでも嬉しい」

今まであまり構ってやらなかったせいか、俺の冷たい言葉を聞いてもフフッと笑う彼女に複雑な心境になる。

「やけに聞き分けがいいな。もっとブーブー文句言うかと思った」

「豚じゃないですよ。人間です」

優里がむきになって訂正してきたのでからかった。

「ずっと豚かと思ってた」

「あっ、ひどい。こんなにプリティーな豚がいる？」

「自分でプリティーって言うか？　最近ペットで飼われてる豚はかわいいらしい。どっちが本当にかわいいか飼って比べてみようか？」

クスッと笑ってスマホでかわいい豚の画像を見せると、彼女が急にトーンダウンする。

「うっ、かわいい。……遠慮します。絶対豚の方がかわいいって玲人くん言いそう。そしたら豚に嫉妬するかも。ああ、私も豚になりたいって」

優里節が戻ってきたので、素っ気なく言い返した。

「馬鹿。豚に嫉妬してどうする」

優里の手からマグカップを奪うと、彼女の唇に軟膏を塗った。

「痛いか？」

俺の質問に、彼女は笑顔を作って答える。

「ううん、大丈夫」

少し腫れているし、血が滲んでいて痛々しいが、これで治まるだろう。

傷はすぐに癒《い》えるけど、精神面がちょっと心配だな。

今だってそうだが、優里はしんどいのに笑って平気な振りをするのだ。

「もう寝ろよ。おやすみ」

部屋の照明を暗くして、彼女にそっと布団をかけてやる。

「おやすみなさい。……今日はありがと」

優里は俺の目を見てそう言い、ゆっくりと目を閉じた。

マグカップを持って寝室を出ると、キッチンへ行く。

そういえば夕飯食べてなかったな。

レンジで冷凍のパスタを温めて、その場で口にする。行儀が悪いが、時間がない時は立ったまま食事を済ませることが多い。

腕時計に目をやると、もう午前三時を過ぎていた。

「俺も寝ないと……」

素早くシャワーを浴びて、優里の様子を見に寝室へ戻ろうとしたら、彼女の声がした。

「……や、嫌！」

慌てて寝室に入ると、優里が手足をバタバタさせていて……。

「優里！」

俺もベッドに上がり、彼女の身体を押さえる。

「嫌！　来ないで！」

まだ暴れる彼女に必死に言い聞かせた。

「優里、目を覚ませ！　お前を襲う者はもういない」

「嫌！」と目を閉じたまま首を左右に振って激しく抵抗する彼女を、なんとか傷つけないように押さえつけて命じる。

「優里、目を開けて俺を見ろ！」

「い、嫌！」

恐怖に怯えて身体を震わせている彼女に、今度は優しく言う。

「優里、俺を見ろよ」

「玲人……くん？　……部長は？」

目を開けて俺を見た優里は記憶が混乱しているのか、ハッと驚いた顔をする。

「夢を見たんだ。ここに部長はいないし、もう会うことはない」

「……本当に会わない？」

怯える目で確認してくる彼女はとても弱々しくて、見ていられなかった。

て目を閉じる。

「会わない。だから、安心して眠ればいい」

コツンと優里の額に自分の額を当てると、彼女が「うん」と子供のように返事をして目を閉じる。

俺は優里の隣に横になり、しばらく彼女の様子を見ていた。

あんな怖いことがあったのだから、普通に眠れるわけないか。またしばらくはうなされるかもしれないな。

スーッと寝息が聞こえてひと安心していると、彼女が俺に抱きついてきて、ハッと息を呑んだ。

いつもの俺だったら、『寝ぼけるな』と彼女を起こして注意したかもしれないが、今の彼女にできるわけがない。

「今夜は仕方がない」

自分にそう言い聞かせて、目を閉じた。

優里の心臓の音が聞こえる。

落ち着かなくて一睡もできないと思ったが、その夜は疲れていたのかすぐ寝入ってしまった。

# 玲人くんご乱心!?

「もう病院行ったよね？」

朝起きてすぐに玲人くんの姿を探したけれど、どこにもいなかった。

時刻は午前八時半過ぎ。

玲人くん、寝坊しなかったかな？

キッチンに行くと、ダイニングテーブルの上にメモが置かれていた。

【今日はゆっくりしていればいい。会社にはもう行かなくていいから。優里からは連絡も一切するな】

私は玲人くんに迷惑をかけてばかりだ。自立したつもりでいたけど、まだまだ子供なのかもしれない。

焦りすぎて、仕事も住まいもトラブって、玲人くんのお世話になってる。もっとしっかりしないと。

大丈夫。部長がここまで来ることはない。このマンションは安全だ。

手首の痣だってそのうち消える。まずは朝ごはんをしっかり食べよう。

冷凍のパンをオーブンで焼き、今日はコーンスープをレンジで温める。

とりあえず口に運ぶけれど、やはり疲労や昨日のショックのせいか食欲があまりない。

無理矢理胃に入れて薬を飲むと、リビングの方から私のスマホのバイブ音がする。

そういえば、スマホどこに置いたっけ？

リビングに行って探すと、ソファの上に私のスマホがあった。

多分、昨日玲人くんに傷の手当てをしてもらった時に、ポケットから落ちてしまったのだろう。

スマホを手に取ると、会社からの着信。

電話がかかってきただけで昨夜のことを思い出し、身体が震えた。

恐らく私が出勤していないからかけてきたのだろう。でも、出てはいけない。部長からだったら最悪だ。

寝室に行くと、再びベッドに横になり、頭まで布団をかぶって目を閉じる。

昨夜のことは忘れるんだ。大丈夫。玲人くんのTシャツを着てるし、彼が守ってくれる。

そう自分に言い聞かせているうちに寝てしまい、起きたのは午後四時過ぎ。

「さすがに寝すぎたかも。ちょっと頭痛い」

反省しながら服を着替え、キッチンに行って冷蔵庫を開ける。入っていたのは、飲み物とチーズだけ。

まあ玲人くんも忙しくて買い物なんか行けないよね。

私も帰宅時間が遅くて、食事はコンビニのおにぎりやゼリー飲料で済ませていた。

野菜、最近食べてないなあ。そうだ！　買い物に行こう。

出かける準備をしてマンションを出ようとしたら、ブルブルとスマホのバイブ音がする。スマホを見ると、玲人くんからメッセージが来ていた。

【体調は？】

たった四文字。でも、忙しいのに私を心配してメッセージを送ってきてくれた。

【元気だよ。玲人くんもあまり無理しないでね】

返事を送るけど、頭痛がするとは書かなかった。

また連絡があるかもしれないと、しばらく画面を見ていたが、すぐに既読にはならなかった。

玲人くん、忙しいもんね。診察の合間にメッセージをくれたのかも。

私はまず心身共に早く元気になって、新しい仕事を探さないと。

いつまでも玲人くんのマンションにいるわけにはいかない。ちょっと買い物がてら外の空気を吸って気分転換しよう。そしたら、頭痛だって治るはず。

マンションを出ると、スマホで探したスーパーを見つけて買い物をする。

野菜を大量に買ったら、かなりの重さになった。

レジ袋四つ分。タクシーを使いたいところだけど、無職になっちゃったし、我慢我慢。筋トレと思えばいい。

夕方なのに酷暑のせいで気温はまだ三十五度もあって、マンションに着いたら汗だくだった。

まず手を洗って、冷蔵庫に買ってきた食材を詰め込むと、リビングのソファでしばし休憩。

二十分ほど休み、キッチンで必要な食材を出して肉じゃがを作る。

「あ～、なんかこんな風に時間を気にしないで料理するのって久々かも」

出来上がった肉じゃがを一口味見した。

「うん。味も染みてて美味しい。やっぱ煮物っていいよね～」

玲人くんに食べさせたら喜ぶかも。

皿に肉じゃがを盛り付け、ダイニングテーブルに座って食べていたら、ピンポーンと玄関のインターフォンが鳴った。

えっ、誰？

居候の私が勝手に対応するのはマズい。でも、誰が来たのか確認しないと……。

インターフォンには応対せず、玄関へ行き、物音を立てないようそっとドアスコープを覗くと、玲人くんのお母さまがいて驚いた。

なんで奥さまが？　平日のこの時間に玲人くんが不在というのはわかっているはず。

ひょっとして、私がいることをご存じなのでは？

慌ててドアを開けると、奥さまが「優里ちゃん、久しぶりね。体調は大丈夫？」とにっこり笑いかけてくれる。彼女は手に大きな紙袋を持っていた。

「あっ、はい。大丈夫です。あの……お邪魔しています」

なんだか気まずい。息子の家に元使用人の孫が上がり込んでいたら、奥さまも不安に思うかも。

ペコペコしながらそう返す私を見て、彼女が同情するように言って靴を脱ぐ。

「顔色が悪いわね。上がらせてもらうわよ」

「はい」

「冷凍食品と桃を持ってきたの。福島《ふくしま》の桃は美味しいのよ」

フフッと微笑む奥さまから紙袋を受け取る。

「お持ちします。きっと玲人くん、喜びますよ」

「優里ちゃんに持ってきたのよ。玲人が珍しく連絡してきて、【今、俺のマンションに優里がいるから、様子を見て来てくれ】って私に頼んだの。もうあの子が頼み事するなんて初めてだったからすごく嬉しくって」

その話を聞いて、なんだか申し訳なくなった。

「奥さまにまでご迷惑をかけてしまってすみません」

「なに言ってるのよ。それに『奥さま』だなんて。美代子《みよこ》って呼んでくれたら嬉しいわ」

「そ、そんな恐れ多い。祖母に叱られます」

奉公人気質が身に染みついてしまっている私は、ブンブンと首を横に振った。

「私の命令だって言えば、華江さんも怒らないわよ」

優しい奥さまは茶目っ気たっぷりに笑う。

「……はい。では、美代子さん、あの、玲人くんに一時的に保護してもらいましたが、体調がよくなったらすぐにここを出ていきますので」

居座ることはないと、しっかりお伝えしなくては。

「そんなのダメよ」

奥さまに間髪入れずに反対され、言葉に詰まった。

「で、ですが玲人くんに迷惑が……」

「あの子、心配はしても迷惑だなんて思わないわよ。そう思ってるなら、自分のマンションに優里ちゃんを連れてこないわ。私がちょっと来るだけでも眉間にシワ寄せて嫌そうな顔するんだから」

実の母親にもそんな反応なら、かなり私は好待遇を受けている。だけど、それは私が窮地に陥ってるからだ。

「私も普通に元気だったら家の住所も教えてくれなかったと思います」

クスッと笑ってフォローしたら、奥さまが悪戯《いたずら》っぽく目を光らせた。

「あの子、ホント冷たいのよね。でも、優里ちゃんのことは大事に思ってると思うわ。だってあの子、アメリカにいた時、慶子に優里ちゃんが元気かどうか何度も電話で確認していたらしいの」

アメリカではかなり多忙だったと慶子さんから聞いている。なのに私の心配をしてくれたなんて……。

「きっと私が小さい頃からよく転んで怪我をして、その手当てを玲人くんがしてくれたせいかもしれません」

「そんなことないわ。あの子にとって優里ちゃんは特別なのよ。もうこのまま玲人と優里ちゃんが結婚してくれないかなって思うのよ」

「お、奥さま、それ玲人くんが聞いたら、きっと怒ります」

美代子さんの言葉にギョッとして、つい奥さまと呼んでしまう。

私だってそりゃあ玲人くんと結婚したいけど、やはり彼の意思は尊重したい。

「だって、あの子このままだとずっと独身よ。女嫌いで恋人も作らないし、見合いを勧めても全部断るんですもの」

「四条総合病院の跡取りですし、そのうち気が変わるかと思いますよ」

玲人くんもそのことは充分わかっているはず。

でも、彼が他の誰かと結婚するかと思うと、チクッと胸が痛んだ。

「気が変わるのを待つより、優里ちゃんと一緒になってくれた方が早いわ。そうだ優里ちゃん、玲人を誘惑して！」

彼女のとんでもないお願いを聞いて、思わず苦笑いした。

やっぱ親子だなあ。慶子さんと似たような思考。

「美代子さん、落ち着いてください。なにか飲み物お持ちしますね」

ソファに案内し、コーヒーを入れようとキッチンへ移動したら、彼女もついてきた。

「なんだかいい匂いがするわね」

クンと匂いを嗅ぐ彼女に、肉じゃがの入った鍋を見せた。

「あっ、肉じゃがを作ったんです。最近野菜を全然食べてなくて。よかったら召し上がりますか?」

鍋を覗き込む美代子さんの顔には、『食べたい』と書いてある。

「ぜひ」

目を輝かせて返事をする彼女に肉じゃがを出すと、すごく喜ばれた。

「そうそう。これがうちの味よ。今の家政婦さんも料理は上手なんだけど、うちは華江さんの味に慣れてたものだから、なにか足りない感じがしちゃって。久々に食べられて嬉しいわ。優里ちゃん、料理上手ね」

奥さまは料理が苦手だったから、おばあちゃんがいつも四条家の食事を作っていたんだよね。

「ご馳走さま。長居しちゃってごめんなさいね。桃食べてしっかり休んで」

ひらひらと手を振る彼女をエレベーターの前まで見送ると、部屋に戻りフーッと息を吐く。

美代子さんが現れるとは思わなかったな。私は四条家の人々に心配かけてなにやってるんだろう。

玲人くんにおばあちゃんにはなにも言わないようお願いしておかないと。

そんなことを考えていたら、睡魔が襲ってきてソファで寝てしまった。

ハッとして起きたらもう外は暗くなっていて、時計を見ると午後七時を回っている。

「……もう夜？　玲人くん、今日も遅いのかな？　でも、夕飯は作っておこう」

多分、お昼も適当に済ませているはず。

玲人くん用に愛情を込めて、豚カツとしじみ汁を作った。

これならいつ帰ってきても、温めればすぐ食べられる。やっぱり肉を食べて体力つけてもらいたいもの。

お風呂の準備もして玲人くんの帰宅を待っていたら、ガチャッと玄関のドアが開く音がした。

「あっ、帰ってきた！」

時刻は午後八時半過ぎ。

玄関に早足で向かい、彼を笑顔で出迎える。

「お帰りなさい。今日は早かったね」

「ああ」と短く返して玄関を上がる彼に、普段の調子で尋ねる。

「ご飯にする？　お風呂にする？　それとも、私にする？」

いつものように笑えているだろうか？　もう玲人くんにはこれ以上心配をかけたくない。

「……俺の前で強がらなくていい」

数秒じっと私を見て素っ気ない口調で言うと、彼はポンと私の頭を叩いた。

「玲人くん……」

私の心の中なんて、全部お見通し。

びっくりして言葉を失う私に、彼は「とりあえずご飯」と続けて、片手でネクタイを外しながらスタスタと寝室に向かう。その後ろ姿を見て、自然と顔が綻《ほころ》んだ。

彼は私のことをちゃんとわかってくれてる。なんだかすごく元気が出てきた。

それに、帰宅時の玲人くんを見られてとてもラッキーだ。

あ～、片手でネクタイを緩める彼、カッコいい。動画にでも撮っておけばよかった。

でも、きっと明日もチャンスあるよね。

キッチンに行き、サラダを作っていると、部屋着に着替えた玲人くんがダイニングに現れた。

「うちの母さん、来た？」

「うん。玲人くんが連絡してくれたんだってね。ありがとね。桃と冷凍食品持ってきてくれたよ」

「そう。今日は外、出たのか？」

「食料調達にね。玲人くんに体力つけてもらおうと思って、今夜は豚カツにしました」

「それはどうも」と淡々と言って、彼はダイニングテーブルの席に着く。

温めた豚カツ、しじみ汁、肉じゃが、ご飯、それにサラダをテーブルに並べた。

「全部作ったのか？」

玲人くんが驚いた顔をするので、苦笑いしながら答える。

「時間がたくさんあったから」

休んでいるように言われたけど、ジーッとしてられなかったんだよね。貧乏性っていうか、動いてないといけないって思っちゃって。でも、身体を動かしたから、昨夜のことを考えずに済んだ。

「優里は豚カツ食べないのか？」

「揚げてたら、なんか胸ヤケしちゃって。今の私には豚カツはヘビーみたい」

「そうか。いただきます」

玲人くんが手を合わせると、私も席に着いていただきますをする。

しじみ汁を飲んだ彼が、「美味しい」と口にするのを見てにんまりした。

「よかった」

「そういえば、前にもらったハンバーグ弁当も美味しかった」

玲人くんの感想を聞いて、上機嫌になる。

「また作ってあげるね」

「ああ」と頷いて、今度は彼は肉じゃがを口にする。

「なんだか実家に帰った感じがするな」

ほんのちょっとだけ頬を緩めている彼に、ツッコミを入れた。

「ここ玲人くんのマンションだけどね」

「アメリカに行ってなにが恋しかったって、やっぱり食事かな。華江さんの料理が食べられないのが結構つらかった。優里、一緒に作ってただけあって、華江さんと味付け一緒」

玲人くんのコメントを聞いて、おばあちゃんの手伝いをしてよかったと心から思う。

「リクエストがあればなんでも作るけど、なに食べたい？」

テーブルに身を乗り出して尋ねると、彼はいつも通りの淡白な口調ではあったが、少しも悩まずにリクエストを口にする。

「だったらあれが食べたい。ナスの煮物」

「おー、なかなか渋い選択をされますね～。明日ハローワーク行くついでに、ナス買ってくるよ」

少し仕事のことに触れれば、玲人くんが持っていた箸を置いて私を見据えた。

「優里の会社のことだけど、退職手続きは完了したって俺が頼んでる弁護士から連絡があった」

玲人くんの報告を聞いて、ちょっと驚いた。

「早いね。もっと揉めるかと思った。あの……部長を引っ掻いたこと大丈夫だったかな？」

過去に人を傷つけたことなんてなかったから、ずっと気になっていた。

「正当防衛だ。優里が気にすることはない。……ひょっとして、会社からなにか連絡でもあったのか？」

鋭く彼に聞かれ、正直に答える。

「朝、電話が鳴ってたけど、出なかった。多分、出勤してなかったからだと思う」

彼に心配をかけちゃうかもしれないけど、隠すとトラブルになると思った。

「それでいい。優里はもう一切関わらないこと。弁護士の話では、あの部長も近いうちに退職になるだろうって言ってた。今回の件以外にも、いろいろ問題行動があったようだから。会社自体もただではすまないだろう。だから、優里が心配することはもうなにもない」

玲人くんは淡々と話すけど、彼の言葉でどんよりしていた私の心の靄《もや》が晴れていく。

「ありがとう。いろいろ面倒かけてごめんね」

「面倒なんて思ってない。ところで、新しい仕事のことだが、うちの病院の受付をやってみる気はあるか？　ひとり産休に入るんだ。強要はしない。なにか仕事が見つかるまでの繋ぎでもいいし」

思わぬ話に驚きつつも、顔が自然と笑顔になる。

「え？　いいの？」

就職先まで四条家のお世話になるのは申し訳なくて、四条総合病院で働くのは除外していたけれど、今までの自分のやらかしを考えるとこの話を受けた方がいいと思える。医者を夢見たこともあるし、それになにより玲人くんと同じ職場で働けるのだ。

「ああ。よそで働くよりは安心だから」

「やらせてください。一生懸命働きます」

強くお願いすると、彼は私の目を見て頷く。

「わかった。話を通しておく。来週から出られるか？」

「うん。大丈夫。仕事も早々に決まって助かるよ。弁護士代も働いてちゃんと返すからね」

「俺が勝手にやったことだから必要ない。今日の食事でチャラだ」

「それじゃあ安すぎるよ」

私が文句を言うと、彼は肉じゃがを箸でつまんだまま、至極真剣な顔で言い返した。

「それは優里の価値観。アメリカでは百万ドル払ってもこの肉じゃがは食えない」

「そりゃあアメリカだもの」

クスッと笑って、私も肉じゃがを口にする。

ちょっとは玲人くんの役に立ってるってことでいいのかな。料理を教えてくれたおばあちゃんに感謝だ。

食事を終えてお互い入浴を済ませると、玲人くんに呼ばれた。

「優里、手首のテーピング替えるからソファに座って」

「えっ？　自分でやるからいいよ。玲人くんだって忙しいし」

「四の五の言わずに座れ」

据わった目で言われて今度は素直に従うと、玲人くんも横に座って私の手を掴んだ。

「痛みはなかったか？」

「うん。大丈夫」

テーピングしなくてもいいくらいだ。

「手、腐ってるかもしれないから、目を閉じてて」

玲人くんの発言にギョッとして、思わず叫んだ。

「えぇー！　腐ってるって？」

激しく狼狽える私に、彼が澄まし顔で言う。

「ただの冗談。いいから目閉じる」

真顔で冗談を言わないでほしい。玲人くんに言われると本気にしちゃうよ。

逆らわずに言われる通りにすると、彼が私の手首のテーピングを外した。

「く、腐ってないよね？」

彼は冗談とは言ったけど、不安でついつい確認してしまう。

「ああ。でも、まだテーピングが必要だ」

それはつまり……まだ痣があるってことだろう。

多分、テーピングをするのは、痛みを抑えるためではなく、私に痣を見せないため。

「もう目開けていい」

玲人くんに言われて、ゆっくり目を開けると、ソファの前のテーブルに新しいスマホが置いてあって驚いた。色はメタリックの赤で、とても綺麗だ。

「あれ？　スマホ新しいの買ったの？　今まで使ってたの、色は白だったよね？」

「これは優里の。あんなひび割れてるやつだと、いつ壊れるかわからないから」

「いや……でも、こんな高価なもの受け取れないよ」

新機種だから十万円は超えているかもしれない。

「俺が困るんだよ。バッテリーの減りもお前のは早いし、壊れるのも時間の問題だ」

彼の強い圧をひしひしと感じ、断れなくなる。

「……ありがと。お給料入ったら、返すね」

「お金のことはいい。とにかく今優里がしなきゃいけないのは、しっかり体調を戻して普通の生活を送れるようになること」

「はい。頑張ります」

「ところで、お前借金とかないよね？」

急に玲人くんは尋問モードに入り、それまで穏やかだった空気が一変する。

「……あります。奨学金借りてたから、月々返さなきゃいけなくて。でも、あともうちょっとで完済できるから」

うっ、なんか目が怖い。まるで警察の取り調べみたい。

少し厳しい表情の彼のご機嫌をうかがうように言葉を選びながら答える。

「他はないんだな？　じゃあ、華江さんの老人ホームは月々いくら払ってる？」

こんな感じで質問が続き、私の懐事情もすべてこの場で白状させられた。

私の窮状がバレているので、まあ当然といえば当然だ。

「よく今までやってこれたな。両親の保険金もほとんど残っていないじゃないか。貯蓄もできないし、自由に使えるお金もない。服とか化粧品もほとんど買えないだろ？」

「慶子さんが服はくれたし、化粧品だって試供品とかいっぱいくれたから、買う必要なかったよ」

自分なりに一生懸命やってきたつもりだ。でも、現実は厳しくて……。

唇をギュッと噛んだら、玲人くんが私の唇に触れてきてハッとした。

「噛むな。唇の傷がひどくなる。別に優里を責めてるわけじゃない」

もっとしっかりしろとか説教されるかと思ったが、玲人くんは話を変えた。

「あと、優里のアパート、解約するから。週末引っ越し手伝うよ」

「それは大丈夫。冷蔵庫とか洗濯機は備え付けだし、いらない物処分したら、もう服くらいしかないんだ。週末までに部屋をいつでも引き渡せるよう整理してくるよ」

もうこれ以上玲人くんの手を煩わせたくなくてそう答えたら、彼が学校の先生のような口調で注意する。

「なにかあった時のためにスマホは必ず持っていくように。優里はトラブルメーカーだから」

「……はい」

信用されてないな。でも、これだけやらかしてるのだから当然だよね。

しゅんとなって返事をすると、玲人くんが掛け時計を見た。

「……もう十二時か。今日はもう寝ろ」

「あっ、うん。ちょっとキッチン片付けてから休むよ。おやすみなさい」

ソファから立ち上がって彼にそう返すと、明日の食事の仕込みをする。

今夜はソファで寝よう。

玲人くんは書斎に行ったのか、物音がしない。

自分の仕事もあるのに、私の問題まで処理して、すごく疲れただろうな。

早く生活を立て直さなきゃ。

仕込みが終わると、リビングのソファに座って、玲人くんからもらったスマホを弄りながら、四条総合病院の近くにいい物件がないか探す。

敷金、礼金、家賃、新しい家電や寝具の購入。奨学金の返済や祖母の老人ホームへの月々の費用を考えると、引っ越しなんて当分無理。

でも、何カ月もここに居候するのは申し訳ない。家族でもない私が一緒にいて、玲人くんのストレスにならないか心配だ。

「なに新しい物件なんか見てるんだ?」

背後から玲人くんの声がしたかと思ったら、彼にスマホを取り上げられた。

「あっ……ちょっと返して」

手を伸ばしてお願いするけれど、彼は返してくれない。

「引っ越し先考える前にやることあるだろ?」

スマホの画面を消すと、スーッと目を細めて私を見た。

「は、はい。しっかり体調戻して、しっかり働くことです」

玲人くんが怖くてビクビクしながら答えると、彼は冷ややかに告げる。

「なのに、こんな物件調べて。ほぼ貯金ゼロで借りられるわけない。もっと現実を見るんだな」

「そうなんだけど……。玲人くんの負担になるのが心苦しくて……」

私の気持ちもわかってもらいたくてそう反論したら、彼がやれやれといった様子で溜め息をついた。

「負担に思うならうちに連れてこない。俺が優里ひとり養えないほど経済力がないと思ってるのか？」

「いいえ、思ってません」

首をブンブンと横に振って否定する私を彼が腕を組んで見据えた。

「だったら、くだらないこと考えないで、さっさと寝ろ」

「あの……今日からソファで寝るよ。その方が玲人くんぐっすり寝れるでしょう？」

玲人くんを気遣うが、思わぬ言葉を返される。

「またフラッシュバックでうなされるかもしれないからベッドで寝ろよ」

「え？　嘘？　私、うなされてた？」

「……覚えてないのか？　部屋が別だといろいろ面倒だから、大人しく寝室へ行け」

ハーッと溜め息交じりに言う彼を見て、昨夜はかなり迷惑をかけたことを悟った。

「……はい。すみません。なるべくうなされないよう頑張るね」

もうこれ以上怒らせてはいけない。

恐る恐る彼の顔色をうかがいながら一応自分の意気込みを伝えたら、彼が淡々とした口調で提案する。

「今こそ俺のことで頭いっぱいにして寝れば？」

「ああ。そうだね。そうします」

ポンと手を叩いてニコッと笑えば、彼が「単純」とボソッと呟いて私にスマホを返す。

それからふたりでベッドに入るが、やはり玲人くんを意識してなかなか寝られない。

こうなったら自分の願望を現実にしてはどうだろう。

「ねえ、腕枕してくれたらうなされないかも」

玲人くんの方を向いてお願いするけれど、冷たく断られた。

「図々しすぎる。外科医の腕をダメにするつもりか？」

「……そ、そうですよね。寝ます」

ハハッと苦笑いしながら返して、玲人くんとは反対側を向いて目を閉じる。

「ねえ、明日晴れるかな？」

「さあ、晴れるんじゃない？」

玲人くんが適当に返して、シーンとする。

ふたりでいると、この静寂はキツイというか怖い。

「玲人くん、ケーキと饅頭《まんじゅう》と煎餅《せんべい》だったらどれが好き？」

静寂が怖くてまた彼に話しかけると、素っ気ない答えが返ってきた。

「それ、今する質問じゃないだろ？」

「うっ、すみません」

彼の話しかけるなオーラが身体に突き刺さってくる。

それまでただのオブジェのように思っていた木製の掛け時計も、ここにきてその存在を主張し始める。

カチッ、カチッ、カチッ——。

静かすぎて、その小さな音でさえも気になった。

お互い黙ったままだと、昨夜部長に襲われた時のことを思い出してしまう。

部長の酒臭い息。骨ばってゴツゴツした手が私の手首を掴んで……。

怖くてギュッと目を閉じても、その光景が頭から消えず、眠れない。

早く忘れたいのに……どうして？

ドッドッドッと私の心臓の鼓動がとても大きく聞こえてきて、ますます目が冴《さ》えてきた。

これがフラッシュバックというやつか。このままだとマズい。

ムクッと起き上がったら、彼に「どうした？」と聞かれた。

「あの……眠れないから水でも飲んでくる。先に寝てていいよ」

玲人くんに悟られないようハハッと笑顔を作ってベッドを出ようとしたら、彼が手を伸ばしてきて私を抱き寄せた。

「それだと俺が落ち着いて眠れない」

私がまだ昨夜のことを引きずっているのがバレたのかと思ったけれど、彼は無表情でなにを考えているのかわからない。

身体が密着して、彼の心臓の音が聞こえてきた。

「え？　え？　玲人くん、ご、ご乱心？」

これはどういう状況？

気が動転して意味不明の言葉を発すると、彼はハーッと深い溜め息をつく。

「勘違いするな。俺は明日大事な手術がある。大人しく寝ろ」

わー、この命令口調、めっちゃ怒ってる。

ね、寝なきゃ。でも、どうやったら寝れる？　いつもどう寝てた？

パニックになる私の背中を、玲人くんが子供をあやすようにポンポンと叩いた。

「大丈夫。もう悪夢は見ない」

まるで暗示をかけるようなその声が、私の脳に浸透してくる。

……不思議。ふわっと身体が楽になって、力が抜けていく。

そして、そのまま心地よい眠りに誘われた。

# ご主人さまと犬みたいな関係

「田中《たなか》さん、彼女が先日話した木村優里さんです」

　玲人くんが、茶髪のミディアムヘアの若い女性に私を紹介する。

「田中真美《まみ》です。よろしくね」

　にこやかに微笑む彼女に、私も挨拶を返した。

「木村優里です。よろしくお願いします」

　清潔感のある水色のワンピースの制服を着ていて、背は私と同じくらい。年も違わないように見える。明るくて優しそうな人だ。

　今私は玲人くんに連れられ、四条総合病院の受付にいた。

「玲人先生の紹介だからどんな人か気になってたんですけど、美人ですねえ。一体どこに隠してたんですか？」

　田中さんがニヤニヤしながら玲人くんに尋ねる。

「そりゃあもちろん四条の家」

　田中さんの質問に答えたのは玲人くんではなく、彼の背後からヌッと顔を出した人物。

「四条、真美ちゃん、おはよう」

白衣を着た明るい茶髪の若いイケメン医師が、白い歯を見せてニコッと笑う。

背は玲人くんくらい。肌はサーファーみたいに焼けてて、耳にはピアス。

こういう派手な容姿の先生もいるんだね。

ジーッと見ていたら、いきなりその医師に両手を掴まれた。

「やあ、再会できて嬉しいよ。俺は乳腺外科医の笠松翔吾。君の名前、教えてくれない？ 四条に聞いても全然教えてくれなくてね……いてっ！」

玲人くんが頭をペシッと叩いて、笠松先生が呻いた。

「むやみやたらに女性の手を掴むなよ。セクハラだ。優里、この阿呆は相手にしなくていいから」

「あっ、優里ちゃんて言うんだ？　顔もかわいいけど、名前もかわいいね」

玲人くんに怒られても笠松先生は懲りた様子もなく、私にセクシーに微笑む。

だが、私の頭には？マークがちらついていた。

「あの……再会ってどういうことですか？」

笠松先生にいつ会ったのだろう？　こんな派手な先生、忘れるはずないのに……。

「君が倒れた時に四条に呼び出されて、こいつの家まで運んだんだよ」

笠松先生の説明を聞いて、すんなり納得した。

ああ。アパートで倒れた私を玲人くんひとりで運ぶのは大変だったろうなって思ってたんだよね。

「それはご迷惑をおかけしてすみませんでした」

深々と頭を下げたら、再び笠松先生が私の手を握ってきた。

「謝罪はいいから、デートして」

こういう場合、どう返事をすればいいのだろう。相手は医師だし、恩もある。でも、私がデートしたいのは玲人くんだけ。

戸惑っていたら、田中さんがギロッと笠松先生を睨みつけた。

「笠松先生、受付でナンパするのやめてください」

彼女の睨みが効いたのか、笠松先生が私の手をパッと離した。

「やだなあ、真美ちゃん。ナンパじゃなく、真剣交際を申し込んでるんだよ」

苦笑いしながら弁解する彼を、田中さんが眉間にシワを寄せて追及する。

「昨日は、美人看護師を食事に誘ってましたが」

「そ、それはなにかのお礼じゃないかな。今日は本気だよ」

少し怯えながら答える笠松先生を、玲人くんがトンと肘で突いて邪険に扱う。

「どうでもいい。笠松、邪魔。お前のせいで五分無駄にした。優里、午前中は健診。仕事は午後からだ」

玲人くんの言葉に私がコクッと頷くと、横からまた笠松先生が目をキラキラさせながら口を挟んだ。

「おっ、じゃあ乳ガンチェックは俺が」

「それは岸本《きしもと》先生に頼んである。女医だから心配しなくていい」

玲人くんは笠松先生ではなく、私に目を向けた。

「ありがと」

女医さんと聞いて私が笑顔で礼を言ったら、再び笠松先生が手を上げて立候補する。

「だったら子宮頸ガンのチェックを俺が」

「それは数日前に終わってる。笠松、冗談ばっかり言ってると怒るぞ」

冷人くんは笠松先生に冷然とした態度で警告し、腕時計を見て田中さんに声をかける。

「あっ、もう行かないと。田中さん、彼女のこと頼みます」

「はい。お任せください」

田中さんがニコッと返事をすると、玲人くんがこの場から去る。その後ろ姿をジーッと見ながら、笠松先生が軽く溜め息をついた。

「俺が検診できなくて残念」

「はあ。なんかすみません」

苦笑いしながら笠松先生に謝ったものの、内心では女医さんが診てくれるのでホッとしていた。若い男性医師に胸を見られるのは、診察とわかっていても抵抗がある。

「玲人先生、クールでカッコいいよね？　先生とは親戚かなにか？」

田中さんに玲人くんとの関係を聞かれ、笑顔で答える。

「簡単に言うと幼馴染です。慶子先生も知ってて」

「ただの幼馴染じゃないんじゃないの？　やけに四条、君のこと気にかけてない？」

笠松先生が誤解しているようなので、自分の考えを伝えた。

「あ……それはフランスの格言にあるノブレス・オブリージュってやつじゃないかと思います。高貴なものは社会的責任や義務を負うっていう」

今は現代だけど、私と玲人くんには身分の差がある。私は使用人の家族で、彼はご主人さま。私が困窮しているから、彼が救いの手を差し伸べた。そういうことだ。

「「へ？」」

私の返答を聞いて、笠松先生と田中さんがキョトンとする。

私たちの関係を説明しても、すぐには理解してもらえないかも。

「な、なんでもないです。私が危なっかしいからじゃないですかね」

笑ってごまかすと、田中さんがクリアファイルに入った書類一式を私に手渡す。

「それじゃあ、優里ちゃんはこの問診票を持って、二階の健診センターで健診受けてきて」

「はい」と返事をしたら、笠松先生が私の肩に手を回してきた。

「優里ちゃん、俺が健診センターまで案内してあげる……いてて！」

笠松先生が顔をしかめたと思ったら、田中さんが彼の首根っこを掴んでいる。

「先生は自分の仕事してください。朝から予約いっぱい入ってるんですから」

「はいはい。仕事しますよ。優里ちゃん、またね」

笠松先生はボヤキ気味に言うと、私にパチッとウィンクし、スタスタとエレベーターホールへ歩いていった。

「ホント、もう。笠松先生はどうしようもないんだから」

腕を組んで怒りつつも笠松先生の後ろ姿をじっと見つめる田中さんは、恋する女の顔をしていた。

「笠松先生もカッコいいですね。田中さん……ひょっとして笠松先生のこと……あっ、なんでもないです」

笠松先生が好きなんですか？と聞こうとしてやめた。

余計なことだ。それに初対面の人に聞くなんて図々しすぎる。

「うん。好きよ。普段はあんなだけど、仕事は有能だし、優しいの。あの、私のことは真美って呼んでね」

てっきり聞き流されるかと思ったけれど、彼女ははにかんだ笑顔を見せながら私に告白する。

「はい、真美さん。私も玲人くん……玲人先生が好きです。では、健診に行ってきます」

にっこり微笑み、エレベーターに乗って健診センターへ。

まずは乳ガン検診から受けるが、五十代くらいの女医さんに、「あなた、玲人先生の知り合いなんですって？」と診察室に入ってすぐに聞かれた。

「はい。幼馴染です。慶子先生のこともよく知っています」

「そう。玲人先生がわざわざ私に知人の検査を頼みますって言ってくるから、恋人なのかと思ったのだけれど」

それは私の願望ではあるが、事実ではないので訂正しておく。

「子宮頸ガンの検診の時に私があまりにもごねたので、配慮してくれたんだと思います。婦人科系の検診は男性医師だと……その……恥ずかしくて」

「そうなのね。でも、彼が頭を下げるなんてよほどのことよ。大事にされてるのね」

フフッと笑い女医さんはテキパキとした動きで診察をすると、その場で「異常はないわよ」と診断結果を教えてくれた。

その後も検査をする先々で玲人くんとの関係を聞かれる。

「玲人先生と知り合いなんだって？」

毎回「はい。幼馴染です」と笑顔を作って答えていたけど、健診を終える頃にはかなり疲弊していた。

この疲労は、気疲れとプレッシャーかも。

玲人くんのコネで入ったのがみんなに知れ渡ってる。これは責任重大だ。なにか私がミスすれば玲人くんに迷惑がかかる。

「頑張らないと」

ひとり気合いを入れエレベーターに乗ろうとしたら、子供とぶつかり、バサッとなにかが床に落ちる音がした。

「キャッ、ごめんなさい」

よろめきながら謝り、床に落ちていた本を拾い上げ、相手に手渡す。よく見ると、小学六年生くらいの美少年だった。

「こっちこそごめんなさい」と少年も私に頭を下げている。

髪は黒く、サラサラで天使の輪が見える。目鼻立ちもはっきりしているから、女の子にモテるだろうな。

「はい、これ。中学受験するの?」

本は中学受験の算数の問題集だった。裏に松井《まつい》健《けん》と名前が書いてある。

「はい。すみません。ありがとうございます」

美少年は軽くお辞儀をしながら礼を言う。

「病院にまで問題集持ってくるなんて偉いね」

「昨日体調崩して、まだ塾の宿題終わってなくて。今日も塾あるから」

受験生は大変だ。受験シーズンに入ると、小学校をずっと休んで勉強する子もいるもんね。

「そっかあ。どこ受けるの?」

気になって尋ねると、少年はニコッと笑顔で答える。

「ここの近くの国立中」

「そうなんだ。私も国立中だったよ」

自分の母校で自然と笑顔になる。

「そうなの？　お姉さん、頭いいんだね」

「好きな人が国立中だったの。大変だと思うけど、頑張ってね」

そう。玲人くんが国立中だったから勉強を頑張った。

手を振って別れようとしたら、その少年もエレベーターに乗ってきた。

「あっ、一階でいい？」

少年に聞くと、コクッと頷いた。

「うん。妹探してたんだけど、一階にいたみたい。お父さんからメッセージ来た」

少年が苦笑いしてスマホを見せる。

「妹いるんだ？　私、ひとりっ子だったから羨ましいな」

この子の妹なら美少女だろう。

「目を離すとすぐにいなくなるから大変だけど、かわいいよ。じゃあね、バイバイ」

美少年は笑って手を振ると、正面玄関の方に走っていく。

見たところ元気そう。勉強疲れで体調悪くしたのかな。塾行って夜遅くまで勉強するもんね。頑張れ、健くん。

心の中でエールを送ると、受付に戻る。

「真美さん、健診終わりました」

「早かったね。じゃあ、奥の更衣室でこの制服に着替えて。優里ちゃんのロッカーは七番よ」

真美さんに渡されたのは、彼女が着ているのと同じ水色の制服。

「はい。ありがとうございます」

着替えて鏡を確認し、更衣室を出たら、真美さんが私の制服姿を褒めた。

「あら、似合うわね。じゃあ早速仕事の説明するね。来院された患者さんの受付をするんだけど、初診の人には名前や住所を書いてもらって診察券を発行……とカルテの管理ってところかな」

「はい」と真美さんに返事をすると、パソコンの前に連れていかれた。

「パソコンはもう優里ちゃんが使えるようにしてもらったから、まず今日来た初診の患者さんの情報を入力していこう」

患者さんが記入した書類を見ながら、真美さんの指示に従って名前や住所などを入力していく。

そんな感じで彼女につきっきりでレクチャーを受けていると、あっという間に外来受付の終了時間の午後五時となった。

デスク周りを片付けた私に真美さんが、「今日はこれでお終《しま》い。お疲れさま」と声をかける。

「え？　もう帰っていいんですか？」

前の会社が深夜残業が当たり前だったから、あっさり定時に終わってしまいビックリした。

「そうよ。受付は残業がほとんどないから、習い事もできるわよ。実は私、これから英会話に行くの」

仕事の後に習い事。人生楽しんでていいな。そんな生活憧れだった。

「いいですね。定時で帰れるなんて夢みたい」

だってまだ空が明るい。でも……。

「玲人くんはまだ帰れないんだろうな」

ついつい玲人くんのことを考えてしまう。同じ病院で働いているけれど、フロアが違うから、今日は朝ここに連れてきてもらったきり会っていない。

「手術の予定とか急患があると遅いと思う。今日、交通事故で救急患者がたくさん運ばれて、脳神経外科の先生たち忙しそうだったから、玲人先生も仕事終わるのは遅いかもしれないわね」

「……なにか差し入れしようかな」

玲人くんに倒れられては困る。

「ふふっ、頑張って。知ってると思うけど、玲人先生、難攻不落だから。形成外科の先生も玲人先生狙ってるわよ」

真美さんの言葉にちょっと苦笑いしながら相槌を打つ。

「そうなんですね」

玲人くん、モテるものね。患者さんにも彼を好きだという人がいるかもしれない。

「私も今度思い切って笠松先生に差し入れしようかな。でも、受け取ってはくれるだろうけど、本気で相手にしてくれなそう」

「笠松先生もナンパな感じに見えるけど、難攻不落なんですね。お互い頑張りましょう」

そんな話をしながら真美さんと途中まで一緒に帰り、スーパーに寄って帰宅。

すぐにキッチンに直行して、玲人くんに差し入れを作った。

ゆっくり食べる時間なんてないだろうから、具だくさんのおにぎりにする。

具はブリ、鮭《さけ》、たらこ、ちりめん山椒《さんしょう》、梅。あと、唐揚げとポテトサラダも入れて完成。

お弁当を持って病院に戻ると、裏口の玄関で慶子さん夫婦とすれ違った。

「あら優里ちゃんじゃない。そっか、今日が初出勤か」

慶子さんが私に気づき、抱きついてきた。

「はい。そうです。……あっ、あの初めまして。慶子先生の幼馴染の木村優里といいます」

慶子さんの言葉に頷きながら、横にいる大柄な男性に目を向ける。

アメフト選手のようながっしりした体格で、髪はツーブロックの短髪、目はタレ目でタヌキ顔。

彼は慶子さんの旦那さんで、小児科医の猪瀬修吾《いのせしゅうご》先生だ。結婚式の写真を見せてもらったことがあるから顔は知っている。

「君が優里ちゃんか。猪瀬修吾です。よろしくね」

にっこり笑って挨拶する猪瀬先生を見ると、なんだかほっこりする。

包容力があって、とても優しそうな旦那さまだ。

「優里ちゃんは私の将来の義妹になるのよ。かわいがってあげてね」

慶子さんがとんでもない紹介をするものだから慌てた。

「慶子さん、玲人くんが聞いたら怒りますよ」

「大丈夫よ。あいつが怒っても怖くないもの。それより、どうしたの？　仕事はもう終わったんじゃない？」

「玲人くんに差し入れを持ってきたんです。あの、誰に渡せば届けてもらえるでしょうか？」

お弁当を作ったはいいが、どうやって玲人くんに届けるか全然考えてなかった。

「五階の医局に直接持っていけばいいわよ。職員証があれば、優里ちゃんも入れるわ。あいつ、さっき手術が終わって医局にいるから」

抱擁を解きながら慶子さんは私に笑顔で告げる。

「そうなんですね。ありがとうございます」

ふたりに頭を下げてお礼を言うと、エレベーターに乗って脳神経外科のある五階へ。

午後七時半を過ぎているからフロアは静かだ。

エレベーターを降りると左側は脳神経外科の病棟で、右側には職員専用の通用口があった。

白いセキュリティゲートのカードリーダーに職員証をかざして中に入ると、医局と書かれたドアを見つけた。控え目にノックし、そっとドアを開ける。そこは二十畳くらいの部屋で、右横にはソファが置かれ、左側には事務机がいくつかあった。

玲人くんがソファに仰向けに横になっていてドキッとする。彼の他には誰もいなかった。

紺色のスクラブを着た彼は、白衣姿の彼とはまた違って見えた。引き締まった腕が見えていて、なんというか色気がダダ漏れ。

手術を終えて疲れて眠っている顔もハンサムなんて……。

起こすのはかわいそうだから、お弁当置いてさっさと帰ろう。なにかメモないかな？

自分のバッグを漁《あさ》っていたら、「なにしてる？」と玲人くんの声がしてビクッとした。

彼の方に目を向ければ、ムクッと起き上がっていて……。

「ごめん。起こしちゃった？　お弁当届けに来たの。メモ書いてすぐに帰ろうと思ったんだけど」

お弁当を掲げてみせてソファの前のテーブルに置くと、彼が礼を言った。

「ああ。サンキュ」

「あっ、お茶入れるね」

ソファの近くにあるティーサーバーでお茶を入れていたら、彼に仕事のことを聞かれた。

「で、今日はどうだった？」

「真美さん……田中さんが優しく教えてくれて、安心して仕事できたよ」

前の職場に比べたら雲泥《うんでい》の差。あっちが地獄だとすれば、ここは天国だ。

初日の緊張での疲れはあるけれど、同僚はみんな親切でとても働きやすかった。

「そう。続けられそうか？」

お弁当箱の蓋《ふた》を開けながら尋ねる彼に、笑顔で答える。

「うん。無理なくできそう。いろいろありがとね。はい、お茶」

お茶をテーブルに置くと、彼は小さく頷いて手を合わせた。

「ああ。ありがと。いただきます」

ブリのおにぎりを手に取った彼は、「美味しい」と感想を言って微かに笑った。

あ〜、なんか眼福。この笑顔は百万円出しても買えないわ。

「よかった」

「明日は当直だから、また作ってくれると助かる」

思わぬ言葉をいただいて、ぱあっと笑顔になる。

「なにかリクエストある？」

ニコニコ笑顔で玲人くんに聞くと、彼は少し考えて返す。

「生姜《しょうが》焼きかな。ご飯何杯でも食えそう」

「了解。たくさん作るね」

私を頼ってくれるのが嬉しい。

「そういえば、子宮頸ガン検診の結果は異常なしだった。よかったな。今後は毎年受けるように」

前の仕事をやめて不正出血はなくなったけど、検査結果は気になっていたから、安心した。

「ありがとう。今日の乳ガン検査も異常なしって言われたからホッとした。これからは忘れずに受けるようにする」

私の言葉を聞いて彼が淡々と告げた。

「病院に勤務していれば忘れない」

「それもそうだね」と苦笑したその時、ドアがガラガラッと開いて、ボブヘアのかわいい系の美人が顔を出した。

「玲人先生〜、お弁当買ってきたので一緒に食べま……えっ、その女性誰ですか？　もしかして今日噂になっていた……」

若くて大学生に見えるけど、白衣を着ているということは彼女もお医者さんなのだろう。

「受付の木村さん」

玲人くんが無表情でそう答えたので、私が補足説明をする。

「木村優里です。玲人先生とは幼馴染で、あの……私はこれで失礼しま……」

女医さんに鋭い視線を向けられ、ここにいるのが苦痛になってきた。

帰ろうとしたら、玲人くんにガシッと手を掴まれる。

「優里もまだ食べてないなら食べてけば？　坂井先生、こっちは間に合ってるんで、じゃあ」

玲人くんはソファから立ち上がり、女医さんをシャットアウトするようにドアを閉める。

ああ、彼女が真美さんが言ってた形成外科の先生か。確かに玲人くんを狙ってる。私のことすごい怖い目で見てたもん。

それにしても、玲人くんは変わらず塩対応だったな。

「いいの？　さっきの先生、気を悪くしたんじゃない？」

「お前が気にすることじゃない。他にも優里に話があったんだ。前の会社の給料、来週支払われるらしい」

「そうなの？　拒否されるかと思った」

嫌な会社だったけど、給料を払ってもらえるのは正直言って助かる。一刻も早く引っ越し資金を貯めないといけないから。

「とにかく、それであの件は終わる」

おにぎりを持っていた手を止めて私にそう告げる彼に、にっこり微笑んだ。

「うん。玲人くんには感謝してる」

彼がいなかったら泣き寝入りしてただろう。

「感謝はいいから、ここでしっかり働くように」

「わかってます」

「はい。これ、就職祝い」

玲人くんがおにぎりを差し出したので、真顔でつっこんだ。

「いや、これ私が作ったおにぎりだよ」

「食べろよ」

私の口に無理矢理押し込んで、彼は私の左手を掴むと手首になにかを巻き付けた。

「本物はこっち」

フッと笑った彼が指差したのは、ベルト、文字盤、インデックスがホワイトで統一された有名ブランドの時計。

おにぎりを飲み込むように食べて、驚きの声をあげた。

「わっ、時計。……こんな高価なものいいの？」

学生時代はネットで買った安物の時計をつけていたけれど、最近はスマホで時間がわかるから使っていなかった。

「いらないなら返してもらうけど」

意地悪く玲人くんに言われたので、奪われないよう右手で腕時計を守りながら彼に宣言する。

「いえ、ありがたくいただきます。一生大事にします」

「一生は大袈裟」

「だって……こんなキラキラしてる時計もらうの初めてなんだもん。就職祝いなんて、なんだか玲人くんお父さんみたい」

涙ぐみながら笑ったら、彼が手を伸ばして軽く私の頭を小突いた。

「誰がお父さんだって？　こんな手のかかる娘を持った覚えはない」

「ハハッ。ごめん、ごめん。玲人くんの娘はきっと天使みたいにかわいいよ……って、笠松先生、いつの間に？」

不意に人の気配がして背後を振り返ると、笠松先生が楽しげに目を光らせて立っていてビックリした。

「やっと気づいた？　声かけようと思ったら、なんか甘々な雰囲気で声かけづらくって。あっ、四条美味しそうなおにぎり食ってるじゃん。俺にもちょーだ……いてっ！」

笠松先生がおにぎりを取ろうとしたら、すかさずその手を玲人くんが叩いた。

「これは俺の分。お前にはやらないよ」

「ケチ。……ってか、これ優里ちゃんが作ったんだよね？　他人の手作りは食べないんじゃなかった？」

驚いた顔をする笠松先生に、玲人くんが面倒くさそうに説明する。

「他人じゃない。優里は家族みたいなもんだから。こいつの料理がうちの味なんだよ」

「ふーん、よくわからんけど、つまり特別な関係だと」

笠松先生の発言を聞いて、激しく動揺する。

「ちょっ……笠松先生、全然そんなんじゃありませんから。ご主人さまと犬みたいな関係です」

あたふたしながら反論したら、笠松先生がニヤリとした。

「へえ、ふたりでそんな怪しいプレイしてるんだ?」

あれ? なんか変な意味にとられちゃった?

「優里、お前なに言ってるんだ?」

サーッと青ざめる私を、玲人くんがギロッと睨みつけた。

# 彼女が必要 ― 玲人side

「それで、昨日来たおじいちゃんがね、自分の孫を連れて帰るの忘れちゃって、私がしばらくお孫さんの面倒を見てたの。大変だったけど、楽しかった～。あとね、最近お昼休みに小学生の男の子に勉強教えてるんだ」

午前八時過ぎ、自宅マンションを出ると、優里がフフッと笑って楽しそうに昨日の仕事のことを報告する。

それは最近の俺と優里の日課。

優里がうちの病院で働き始めてから一週間が経った。

「ふーん」

適当に相槌を打ってスタスタと病院に急ぐと、優里が追いかけてきた。

「ちょっと待ってよ～。まだ話したいことあるのに。玲人くん、歩くの速い！」

「足の長さが違う。それから、優里朝から喋りすぎ」

相手にするのが面倒でつれなくしても、こいつはへらへら笑ってついてくる。

「相変わらず冷たいなあ。でも、そこが魅力なんだよね」

「くだらないこと言ってないで、今日もしっかり仕事しろ」

ハーッと軽く溜め息をついて、優里とは一階で別れてエレベーターに乗ると、中に笠松がいた。

「おはよう、四条。今日も優里ちゃんと出勤？　院内で噂になってるぞ。優里ちゃんが働きだしてから、お前の表情が豊かになったって」

いつものように顔をニヤニヤさせながら俺をからかってくる。

「変わったつもりはないが」

姉にも同様の弄りをされていたので、平然と返した。

特別なことなんてなにもない。優里がなにかミスをすれば遠慮なく怒っているので、俺の素《す》を見て周囲がそう思うだけ。

「いやいや、お前、優里ちゃんがいるとずっと目で追ってるじゃないか」

笠松がしつこく言ってきて、思わずハーッと溜め息をついた。

「それはあいつがトラブルメーカーだからだ」

再会してからというもの、俺は優里のさまざまな問題の対処に追われていた。今、ようやく落ち着いてきたところだ。

「本当にそう思ってるか？　俺に彼女の検診させなかったのに？」

楽しそうに目を光らせる笠松がいつにも増してうざったく思える。

「やけに根に持つな。女性医師の方がいいと思ってお前に担当させなかっただけだよ」

「まあ、そういうことにしておいてやろう。だがな、四条院長は優里ちゃんとお前のこと、よく思ってないみたいだぞ。いつまでも彼女とのことを曖昧にしておくと、後悔するぞ」

笠松に忠告され、冷淡に返した。

「余計なお世話だ」

そう。父には何度か院長室に呼び出され、『お前はなにを考えてるんだ？ 使用人の孫と同棲なんてとんでもない。すぐに追い出せ』と叱責された。

恐らく母から優里の話を聞いたのだろう。それに、病院でも俺と優里のことが噂になっていたから、我慢ならなかったに違いない。

『困ってる人間を助けただけですよ』と説明しても、父は聞く耳を持たなかった。

父は選民意識が強い。だから、実家で働いている人を下に見ていて、優里にも冷たかった。

優里の祖母が働けなくなるとすぐに、父は優里たちに実家から退去するよう命じたと姉から聞いている。我が家では父の言うことは絶対で、母も姉もさすがに父を説得することはできなかったのだろう。

俺は父のやり方には反対だし、今優里を追い出せば、彼女は生活に困窮することになる。だから、父に従うつもりはない。

「はいはい。もう言わないよ。じゃあ」

笠松を乳腺科のある三階で見送り、俺も五階で降りて脳神経外科の医局に向かう。

白衣に着替え、いつものように仕事をこなしていった。

お昼になり、一階のカフェでコーヒーとホットサンドをテイクアウトし、五階の医局に戻ろうとしたら、自販機のあるコーナーのテーブルに優里がいて足を止めた。俺が担当している小学六年生の男の子……松井健くんも一緒だ。

なんだか病院なのに、ここだけ空気が違う。テーブルの上には問題集があって、優里が解き方を教えているようだ。

そういえば今朝優里が小学生に勉強を教えてるって言ってたっけ。まさか俺の患者とはな。

見ていてほっこりする。優里はいつの間に彼と親しくなったのか。

健くんはもともと小児科を受診していたが、俺の義兄の猪瀬先生に『ちょっと診てもらいたい子がいる』と言われて、脳神経外科でいろいろ検査した結果、脳腫瘍と判明。数日前からうちの病棟に入院している。

子供の脳腫瘍は進行も早いので、来週手術する予定だが、難しい手術になるだろう。手術で腫瘍を全部取り出せなければ、放射線治療か化学療法になって、長期入院になる。本人は受験もあるし、今後のことが心配に違いない。

健くんは自分の病気のことを知っているが、『俺が絶対に治すよ』と約束しているせいか、元気にしている。

俺に気づいた健くんが「玲人先生！」と声をあげると、優里も俺に目を向けた。

「あっ、玲人くん、今からお昼？」

「ああ。ここで勉強？」

俺が尋ねると、優里はコクッと頷いて問題集を指差す。

「そうなの。健くんに算数を教えてて。ここテーブル大きいから勉強しやすいんだ。でも、この図形問題が解けないの。うーん、どうやって解くんだろう？」

クシャッと髪をかき上げて優里が悩んでいるので、俺もその問題をチラッと見た。

「ペン貸して。これは面積が等しいという条件から等積変形を思い出して解いていく」

優里からペンを奪って解いていくと、彼女と健くんが「おおっ」と声をあげた。

「さすが玲人くん。すごい」

「うん、うん、玲人先生、天才」

ふたりが目を輝かせて俺を褒めるものだから、若干引いた。

「落ち着いて考えればわかるよ。優里、健くんが疲れたら、休ませてあげて。健くん、あまり無理しないように。じゃあ、頑張って」

ペンを優里に返し、ポンと健くんの肩を叩いて医局に戻る。

昼食を食べ終えると、救急からひとり患者を診てほしいと連絡があった。

それは、プールで溺れて救急搬送されてきた三歳の女の子。

救急である程度処置はしたが意識が戻らず、脳神経外科に運ばれてきた。

自発呼吸ができず、人工呼吸器をつけている。

なんとか助けたい……そう思いながら検査していくが、プールに沈んでいた時間が長かったのか、脳内に血液が流れていなかった。

脳神経外科の部長にも診てもらい、脳死状態という診断を下す。

その日の夕方、俺は冷酷な質問を女の子の両親にしなければならなかった。

肩に十キロの重りを乗せられたみたいに身体が重く感じる。

「今、お嬢さんは脳死状態です。人工呼吸器を止めてしまえば、心臓も止まります。残念ながら、もう助かる見込みはありません。臓器提供をする意思はありますか？」

ひどい医者だと罵られるのを覚悟の上で、感情を殺して尋ねた。

俺の話を聞いて泣き崩れる両親。

「考えさせてください」と父親が泣きながら答えて、黙って頷いた。

病室を家族だけにして、俺は医局に戻り、自席でカルテの処理をする。

ただひたすら機械的に手を動かしていた。

一時間くらいして、看護師に呼ばれて女の子の病室に行くと、両親に「うちの子の臓器を提供します」と承諾の返事をもらった。

つらい決断だったと思う。

もう八時を過ぎていたが、臓器移植のコーディネーターや院内のスタッフと深夜まで連絡を取り合い、医局に戻ったのは午前零時すぎ。

俺のデスクの上には、優里が来たのかお弁当が置いてあった。

「そういえば夕飯食べてなかったっけ」

椅子に座ってお弁当を開けると、オムライスが入っていた。ケチャップで【頑張って】と書いてある。

それを見て胸が苦しくなったけれど、フーッと深呼吸して耐えた。

……頑張ってもどうにもならないことがある。

人を救いたくて医者になったというのに、自分は無力だとつくづく思った。今日のような経験は初めてではない。慣れなければいけないが、なかなか割りきれなかった。

情に流されるな。心を凍らせろ。

食欲はなかったが、食べなければ身体が持たない。

一口一口ゆっくり食べて完食すると、黙々とデスク周りを片付けて病院を出る。

ふと空を見上げたら、月が浮かんでいた。

——いつもと変わらない月。

そう。これが日常。人が亡くなっても世界はなにも変わらない。

俺も変わらず目の前にいる患者に集中すればいい。医者とはそういうもの。

マンションに帰ると、ドアを開けてすぐに「お帰りなさい」と優里が現れた。

もう午前一時を回っているのに、寝ずに俺の帰りをずっと待っていたのか？

優里らしい……な。

「お弁当。ありがとう」

礼を言ってお弁当箱を渡すと、彼女は「うん。お風呂沸いてるよ」と言って、キッチンに向かう。

いつもなら『今日のお弁当どうだった？』とか感想をしつこく聞くのに……。

多分、病院の誰かから脳死判定が下されたことを聞いたのだろう。それで、俺を気遣ってくれているのかもしれない。

書斎にカバンを置いて、寝室でスーツを脱ぎ、風呂に入る。

思い出すのはあの女の子のこと。あんなに小さく、かわいいのに、もう生きられない。

だが他人事のように思うだけ。脳死宣告したのも夢の中の出来事のような気がする。

「ハハッ……」と乾いた笑いが込み上げてきた。

自分でもこの状態はマズいと感じて、脳が〝しっかりしろ〟と俺の心に訴えてくる。

二十分ほど風呂に浸かるが、身体が全然温まらない。

寒い……。

パジャマを着てキッチンに行くと、優里はいなかった。

寝たか？

そう思いながら、棚からグラスを出して、ウィスキーを注ぐ。

それはつらいことがあった日の俺のルーティーン。飲まないと眠れなくなる。

一口飲むが、全然美味しいと感じなかった。ただ苦いだけの飲み物。今夜は普段よりもっと苦く感じる。

一気に飲み干すが、素面のままだった。

いつもは少し頭がぼんやりしてくるのにな。

酔っ払うくらい飲めればいいが、飲むのは一杯に抑える。明日も仕事があるから。

なにがあったって、次の日は平気な顔をして仕事をしなければならない。

寝てしまいたいけど、今の状態だと一睡もできないかもしれない。どうしたらぐっすり寝れるだろう。身体はぐったりと疲れているのに、頭は冴えている。

そんなことを考えながら寝室に向かうが、優里の姿がない。

どこへ行った？

玄関を見てみると、彼女の靴はある。外には出ていない。

優里を探しながらリビングに行ったら、カーテンが揺れているのに気づいた。

ベランダに出ると、ウッドチェアに優里が座っている。

夏とはいえ、黒のホットパンツにピンクのタンクトップでは肌寒いだろう。

「こんな夜中になにしてる？」

明日だって仕事なのに、どうして寝ないのか？

声をかけると、彼女はあたふたしながら返す。

「え？　あの……その……ちょっと星でも見ようかなって思って」

少し目が泳いでいる。多分、これは嘘だろう。

「ここからじゃ星なんかよく見えない。急にどうした？」

本当の理由を尋ねると、彼女がためらいがちに小声で答える。

「私がいない方が……玲人くん……よく眠れるかなって」

俺のためを思ってくれているのはわかる。だが……。

「逆に優里がいない方が眠れない。勝手にいなくなるな。それに、そんな格好でいると風邪を引く」

優里に注意して、彼女を肩に担ぎ上げた。

「え？　ちょっ……玲人くん？」

「喋ると舌を噛むぞ」

俺の言葉で黙る優里を寝室に運び、ベッドに下ろすと、彼女が戸惑うような表情を向けてきた。

「私……邪魔じゃない？」

「ずっとここで寝てるくせになに言ってるんだか」

俺もベッドに入りそう言い返すが、彼女は横にならず体育座りをして言葉を選びながら聞いてきた。

「でも玲人くん……すごくつら……疲れてるよね？」

「ああ。疲れてる。だからお前にいなくなられると困る。落ち着かない」

優里の言うことを認め、彼女を抱き寄せた。

「れ、玲人くん？」

ちょっと驚いた様子で身じろぎする彼女に、静かな声で命じる。

「黙ってじっとしててくれ。心を落ち着けたいんだ」

その表現はおかしいかもしれない。心は落ち着いている。いや、凍っていて心の痛みを感じなくなっている。

自分は人形で、なにかに操られているような感覚がずっと続いているのだ。

「あっ、うん。ごめん……」

優里は申し訳なさそうに小声で謝ると、俺の腕の中で大人しくなった。

感情に流されないよう脳死宣告後からずっと凍らせてきた俺の心。つらい時はいつだってこうして耐えてきたが、今日はうまくもとの自分に戻れない。

もう限界だった。

このままでは心が氷みたいにパリンと割れて、ずっと人形のままでいそうだ。

優里を抱いていると、彼女の肌の温もりが少しずつ身体に伝わってくる。それと同時にまるで心を取り戻したかのように、胸がズキズキと痛んできた。

——あの子を助けたかった。

ギュッと唇を噛んで、腕の中にいる優里をかき抱いた。

「今日……三歳の女の子に脳死判定をして、両親に臓器提供のお願いをしたんだ。両親は悩んだ末に承諾したけど、泣いてた」

現実をしっかりと受け止めて、淡々と今日あったことを話したら、彼女が手を伸ばして俺を抱きしめてきた。

「……そう。玲人くんもつらかったね。でも、自分を責めないで。玲人くんは精一杯手を尽くしたよ。それはきっと女の子にも、そのご両親にも伝わってる」

優里の声が胸にスーッと浸透していく。

「……そうだな」

「救える命だっていっぱいあるよ、玲人くん」

優里が涙ぐみながら俺を励ますものだから、彼女の涙を指で拭った。

「なんで優里が泣く？」

不思議に思って聞いたら、キレられた。

「……わかんない。泣けてきちゃったの！」

優里が俺にキレたのなんて初めてだ。そんな彼女が急にかわいく思えた。

「泣き虫」と小さく笑って言って、優里の身体を包み込むように抱きしめる。

ああ、あったかい。

冷えた身体が彼女の体温でじわじわと温まっていく。

心もなんだかあったかくなって、気分が少しずつ楽になるのを感じた。

今夜は寝れないと思っていたのに、彼女を抱いて横になっていると、だんだん意識が遠のいていく。気づいたら朝だった。

時計を見ると、午前六時五分。

頭はすっきりしているし、寝起きも悪くない。昨日のショックはないといえば嘘になるが、今は自分のできるベストを尽くそうと思ってる。

そんな前向きな思考でいられるようになったのは、優里のお陰だ。

彼女はまだ俺の腕の中で眠っている。彼女がいなければ、眠れなかっただろう。

もう俺の身体はとっくにわかってる。

——優里が必要だって。

昨日笠松に言われたことがようやくわかった。

俺は……優里が好きなんだ。

彼女は出会った時からなにかとまとわりついてきて、俺の中ではずっと面倒な幼馴染という認識だった。

「こんなはずじゃなかったのに……な」

口元に笑みを浮かべながら、ポツリと呟く。

いつ好きになったかはわからないけど、彼女と一緒に生活するうちに惹《ひ》かれていったのかもしれない。

女と一緒に住むなんて無理だって思っていたのに、優里といるとひとりでいるより居心地よく感じた。

その笑顔も、その声も、その温もりも……もう俺の人生に深く溶け込んでいて、彼女のいない生活は考えられない。

しばらく起こさずに優里の寝顔を見つめる。

長いまつ毛、透き通るように白い肌。それから……りんごのように赤く色づいた唇。

改めて彼女を見てみると、今まで会ったどの女性よりも綺麗だと思った。

子供みたいなところはあるし、俺にしつこく絡んできてイライラすることはあっても、彼女を嫌いになったことはない。

今思えば、昔から特別な存在だったのかもしれない。

優里が倒れた時うちに連れてきたのは、なんだかんだ理由はつけたが結局のところ彼女が大事だったからだ。

そう。自分のテリトリーにいるのが当然で、いないと気になる。

そう思う人間は優里だけ。

好きだと自覚した今は、彼女がとても愛おしく思える。

彼女の艶《つや》のある髪に触れチュッとキスをすると、そっとベッドを抜け出し、身支度を整えてキッチンへ――。

冷凍のパンを焼き、オムレツを作っていたら、優里が慌てた様子でキッチンに現れた。

「い、いた。……も、もう玲人くん、起こしてよ!」

俺の姿を見て安堵するが、すぐに少し怒った顔で俺を注意してくる。

「俺にそんな義務はない。口によだれついてる。顔洗ってこいよ。グズグズしてる時間はないと思うが」

昨夜様子がおかしかったから、俺がベッドにいなくて不安になったのだろう。

素っ気なく返しつつも優里の唇に触れたら、彼女が顔を赤くした。

俺が触れたせいなのか、それとも〝よだれ〟というワードが恥ずかしかったのか、一気に赤くなる彼女の反応がおもしろい。

「よだれなんてついてないよ！」

激しく動揺しながら言い返す優里に顔を近づけ、彼女の唇を親指の腹でゆっくりとなぞる。

「……唇の傷、もうすっかり治ったな」

「れ、玲人くん？　急にど、どうしたの？」

俺の行動に戸惑う彼女を見て、ニヤリとした。

「おもしろいと思ったんだ。優里って俺にグイグイくるわりに、こうして触れると狼狽える」

「そ、それは慣れてないからだよ」

彼女は俺を直視できないのか、目を逸らしながら言い訳する。

「ふーん。これからはもっと触れるから慣れてもらうしかないな」

楽しげにそんな言葉を口にすれば、彼女がカッと目を見開いて俺を見た。

「え？　それってどういう意味？」

好きと伝えるのは簡単だが、ちょっと意地悪したくなった。

「どういう意味だと思う？ 俺のことしか考えてないその頭でよーく考えろよ」

もっと俺のことで頭をいっぱいにすればいい。

質問に質問で返して甘く微笑む俺を、彼女は頭が混乱しているのかボーッと見つめている。

「ほら、早く顔洗ってこいよ。遅刻するぞ」

優里の頭をポンと叩いて注意すれば、「あ〜、そうでした〜！」と声をあげて、彼女はあたふたしながらキッチンを出ていく。

「朝から賑やかだな」

クスッと笑うと、オムレツをもうひとつ作った。

彼の告白

「玲人くん、待ってよ。歩くの速すぎ。ねえ、今日お祭りがあるらしいの。縁日とかいいよね。あと、花火もあるんだって」

ひとりスタスタと歩く玲人くんを追いかける。並んで歩きたいのに、彼は待ってくれない。そこは平常運転なのだけれど……。

今朝の彼はなんだかいつもと違う。昨夜帰ってきた時は、死にそうな顔をしていた。生気がなくて、身に纏《まと》っている空気も重くて……。

玲人くんが脳死判定をしたことは、本人に聞く前から知っていた。昨日はたまたま書類の整理もあって七時まで残っていたら、そのニュースが私たち事務員の方にも流れてきたのだ。

玲人くんの心情を察してひとりで寝かせてあげようと思ったのに、彼は私を探してベランダにやってきた。それでベッドに運ばれたけど、元気のない玲人くんとどう接していいかわからなかった。

あんな彼を見たのは初めてだったから。

玲人くんは常に冷静沈着で、感情もあまり表に出さない。その彼の様子がおかしかった。

いつもクールだけど余裕な感じの空気を身に纏っているのに、昨夜の彼はロボットみたいに表情がまったくなくて、顔色も悪くて……、うまく言えないけど、とにかく変だった。

どうしたらいいか戸惑っていたら、驚いたことに彼が私を抱き寄せて……。

『今日……三歳の女の子に脳死判定をして、両親に臓器提供のお願いをしたんだ。両親は悩んだ末に承諾したけど、泣いてた』と、珍しく仕事の話をする。

機械的に感じる抑揚のない声。でも、玲人くんの悲しいっていう心情が私には伝わってきて、思わず彼を抱きしめた。

彼はロボットじゃない。人間だ。つらい宣告をして、今苦しんでいる。

嫌がられるかと思ったけど、彼は私の手を振り払わなかった。

『……そう。玲人くんもつらかったね。でも、自分を責めないで。玲人くんは精一杯手を尽くしたよ。それはきっと女の子にも、そのご両親にも伝わってる』

いくら彼が優秀な脳外科医でも、すべての人を助けることはできない。

気休めかもしれない。それでも、そう言葉をかけると、彼は『……そうだな』と私の肩に顎をのせて相槌を打つ。

私の身体に直接彼の声が伝わってきて、なんだか泣けてきた。

『救える命だっていっぱいあるよ、玲人くん』

私は知ってる。彼が日々努力していることを。

アメリカの病院で多くのことを学び、彼は日本に帰ってきた。睡眠時間を削って働いて、患者さんのためにその身を捧げている。彼のお陰で救われている命がたくさんあるのだ。

玲人くんのメンタルが心配だったけど、朝起きると彼はいつもと変わらなかった。

いや……正確にはちょっと違う。私を見る目も、私に触れる手も、どこか優しくなった気がする。

それに、彼に変な宿題を出された。

私の唇に恋人のように優しく触れた彼が、『これからはもっと触れるから慣れてもらうしかないな』ってわけがわからないことを言ってきて……。

『え？　それってどういう意味？』

私が真意を聞いたら、玲人くんは少し意地悪く、それでいてどこか謎めいた目で返した。

『どういう意味だと思う？　俺のことしか考えてないその頭でよーく考えろよ』

ホント、どういう意味なの？

私の平凡な頭脳では答えなんて一生導き出せないと思う。玲人くんの頭の中を覗いて、手っ取り早く答えを知りたい。

そんなことを考えていたら、彼が立ち止まって私を見つめてきた。

「ふーん。俺は仕事だから祭りなんて関係ない。優里は楽しんでくれば？」

彼が甘い目で微笑んだので、ドキッとする。

「れ、玲人くんは働きすぎだよ。勤務時間外でも残って仕事してるって笠松先生が言ってたよ。少しくらい休んだら？」

動揺しつつも彼に注意したら、ツンと額を指で小突かれた。

「ついこの間まで深夜まで仕事してたお前に言われたくない。笠松の言うことも聞き流せ」

「私みたいに身体壊すよ」

しつこく言ったら、彼がとても穏やかな目で笑った。

「大丈夫。俺はもう身体を休める方法を知ってるから」

なんというか、なにか達観したかのような清々しい顔。それだけじゃない。やっぱり私を見る目が優しい。

私の気のせい？

「玲人……くん？」

玲人くんの変化に戸惑っていたら、彼が身を屈めて私を見つめてきてドキッとした。

その綺麗な淡い栗色の瞳には、私が映っている。

え？　え？　いきなりなに？

目を大きく見開いて玲人くんを見ていたら、彼が私の前髪に触れてきた。

「優里、前髪に埃《ほこり》がついてた」

「……あっ、うん」

心臓がドキドキしてそんな返ししかできない私の頭を彼がクシュッと撫でる。

「じゃあ。今日も仕事しっかりな」

……まだ心臓がバクバクしてる。キ、キスされるかと思った。

受付の前で別れて、エレベーターに玲人くんが向かおうとしたら、笠松先生が現れて私の手を握ってきた。

「やあ優里ちゃん、今夜暇？　俺と一緒にお祭り行かない？」

この展開は毎朝のことなので驚かないが、真美さんに変な誤解をされたくなくて笠松先生の手を外そうとしたら、横から玲人くんの手が伸びてきた。

「それは許可できない。うちの優里がお前の影響受けて阿呆になる」

玲人くんが笠松先生の手を叩き落とすが、笠松先生は懲りずに言い返す。

「恋人じゃないからいいじゃないか」

「手を出したら、お前を社会的に抹殺するけど、いいのか？」

美しい魔性のような笑みを浮かべて玲人くんが顔を近づけると、笠松先生はゴクッと息を呑んだ。

「……よくないです」

玲人くんは普段はこういう場面だと、『こいつは俺が好きなんだから誘うだけ無駄』とか『懲りない奴』とか冷淡に返すのに……。

今日はなんだか好戦的じゃない？　本当にどうしちゃったの？

ジーッとふたりのやり取りを見ていたら、真美さんがやってきた。

「あっ、笠松先生、また優里ちゃんにちょっかい出してるんですか？　病院でナンパしないでください」

ひと目で状況を把握した彼女が腰に手を当てて笠松先生を怒ると、笠松先生は彼女から視線を逸らした。

「いやあ……ははは。誤解だよ、真美ちゃん。挨拶してただけ。あっ、真美ちゃん、今日の祭り一緒に行かない？」

とぼけながら笠松先生は真美さんを誘うけど、彼女は目を細めて笠松先生を見据える。

「そのセリフ、今日何人に言ってるんですか？」

「真美ちゃんが初めてだよ」

しれっと笠松先生が嘘をつくが、真美さんにはお見通しだ。

「その目が嘘って言ってますよ、笠松先生」

ふたりのテンポのいい言い合いを楽しんで聞いていたら、玲人くんがチラッと腕時計を見て笠松先生に声をかけた。

「ほら笠松、行くぞ。これから俺たち打ち合わせあるんだから」

恐らく脳死判定の件を先生たちは話し合うのだろう。

笠松先生の首根っこを掴み、玲人くんはカツカツと靴音を響かせて歩いていく。

「ちょ……いてっ、四条」

顔をしかめながら文句を言う笠松先生を見て、真美さんはクスッと笑った。

「あのふたり、なんだかんだいっても仲いいわね」

「そうですね」

玲人くんて孤高の王子さまって印象だったし、友人といる姿を見たことがなかったけれど、笠松先生とはとてもいいコンビだと思う。気の置けない仲だから、あれだけずけずけと物を言えるのだろう。

「ねえ、優里ちゃん、今日のお祭り一緒に行かない？」

「私はいいですけど、笠松先生と行かないんですか？」

「いいの。どうせ美人の看護師さん誘うわよ」

軽く溜め息をついて諦めモードの真美さんをじっと見つめながら呟く。

「そうですかねえ」

笠松先生って真美さんのこと気に入ってると思うんだけど。真美さんにわざと怒られにいってる感じがするもの。

その後、制服に着替えて受付業務をしていると、祭囃子《まつりばやし》が聞こえてきた。

あ〜、浴衣《ゆかた》着て玲人くんとお祭り行きたかったなあ。でも、仕事があるし、なかったとしても一緒に行ってくれないか。

お昼休みには五階に行って、健くんに勉強を教える。

問題集の答え合わせをしていたら、また祭囃子が聞こえてきて、健くんがニヤリとして私を見た。

「ねえ、優里ちゃんは今日のお祭り、玲人先生と行くの？　僕は行けないけど、病室から花火を見るつもり。看護師さんが病室の窓から花火が見えるって教えてくれたんだ」

「病室から花火見えるんだ？　いいね。……ところで、どうして玲人先生なの？」

少し狼狽えながら聞くと、彼はどこか大人のような顔をして説明する。

「だって玲人先生と親しげだったし、なんか独特の空気がふたりの間に流れてたから」

健くんって頭もいいけど、よく周りを見ていると思う。

「幼馴染なの。ずーっと片思いしてるんだけどね。いまだに脈なしです」

まだ小学生の健くんにそんなぶっちゃけ話をすると、彼は優しい目で微笑んだ。

「そっかあ。いつか思いが通じるといいね。僕が大人になっても優里ちゃんが独身だったら、僕がもらってあげるよ」

彼の言葉が嬉しくて笑顔で礼を言う。

「それはありがとう」

ああ、なんていい子なんだろう。

ひとり感動していたら、急に健くんが私から視線を逸らし、表情を暗くする。

「あのさあ……僕、脳に腫瘍があるんだ。来週玲人先生が手術してくれるんだけど……。成功するよね？」

脳腫瘍……。

脳神経外科病棟に入院しているから、なにか悪い病気だと思っていたんだけど、私からは聞けなかった。

こんな小さいのに……。怖くて仕方ないよね？ まだ十二歳だし、受験だってある。でも、担当医は玲人くんだ。

「大丈夫。玲人先生は先月までアメリカの病院にいたんだよ。向こうでいっぱい経験積んで戻ってきたの。だから、必ず成功する」

健くんの手を握って約束する。

玲人くんが横にいたら『勝手なことを言って』と睨まれたかもしれないけど、そう言わずにはいられなかった。

健くんは誰かに『大丈夫』って言ってもらいたいんだ、きっと。

それに、私は玲人くんが手術を成功させると信じてる。

「うん」

健くんが私の目を見て頷くのを見て、ホッと胸を撫で下ろした。

お昼休みが終わるので健くんと別れて受付に戻ろうとしたら、廊下でこの病院の前院長である、玲人くんのおじいさまに会った。もう引退されているけれど、たまに様子を見に顔を出しているそう。

年は八十くらい。白髪で年齢のわりに身体はがっしりしている。

「あっ、こんにちは」

ペコッと頭を下げて挨拶すると、玲人くんのおじいさまがにっこり笑った。

「玲人から話は聞いているが、元気にやっているようだね。華江さんも元気にしてるかな？」

「はい。お陰さまで紹介していただいた老人ホームで元気にしています」

ここで働き始めてから玲人くんのおじいさまに会うのは初めて。

四条家でお世話になっていた頃から私に気さくに声をかけてくれた。

少し緊張しながら答える私の肩を、おじいさまはポンと叩く。

「そうか。頑張りなさい」

「はい。精一杯頑張ります」と返事をして受付に戻り、また仕事をする。

定時になり、後片付けをしていたら、慶子さんがやってきた。

「お疲れ。これから帰るんでしょう？　今日お祭りだし、この浴衣着なさいよ。私のお下がりだけどあげる」

彼女が持っていた紙袋を私に差し出すので、思わず聞き返した。

「え？　いいんですか？」

「優里ちゃんに着てもらえると嬉しいわ。じゃあね」

慶子さんはひらひらと手を振って去っていく。

ひょっとしたら彼女も仕事が終わったらお祭りに行くのかも。

紙袋の中を見ると、白地に赤い椿の絵が描かれた浴衣と赤い帯、それに下駄が入っていた。大人っぽい感じで素敵だ。

「優里ちゃん、よかったわね。私も浴衣着たくなっちゃったなあ。ねえ、病院の近くにある美容院で浴衣のレンタルと着付けをやってるの。行こうよ」

真美さんに誘われて、病院から百メートルほど先にある美容院へ――。

予約はしていなかったが、すぐに浴衣の着付けとヘアメイクをしてもらった。

「うわあ、優里ちゃん、髪アップにすると雰囲気変わるね。綺麗なお姉さんて感じで素敵」

私の浴衣姿を真美さんが笑顔で褒めてくれるけど、なんとなく心ここに在らずな感じがする。余計なお節介と思いつつも笠松先生のことに触れた。

「真美さんだって朝顔の浴衣、よく似合ってますよ。本当にいいんですか？　笠松先生誘わなくて」

「い、いいの。行くわよ、優里ちゃん」

頬を赤くした真美さんに手を掴まれて美容院を後にする。

お祭りが行われている神社へ向かう途中、四条総合病院の前を通りかかったら、坂井先生にバッタリ会った。玲人くんに猛アプローチしている彼女だ。

「あら、浴衣に着替えてお祭りなんて、事務員の子たちは浮かれているのね。お気楽でいいわあ」

私と真美さんを見て、坂井先生はチクリと嫌みを言う。

顔がかわいくて男性スタッフには受けがいいけれど、私は彼女が苦手だ。いつだって女性の事務員の前では医者という立場をひけらかすし、ことあるごとに『玲人先生に馴れ馴れしくしすぎじゃない？』と、私に突っかかってくる。

「ちゃんと仕事はしています」

真美さんが怒りを抑えながらそう言い返すと、坂井先生はフンと鼻で笑った。

「仕事をすればいいってもんじゃないのよ。もっと向上心はないのかしら。木村さん、あなた玲人先生のところに居候してるんですって？　いつまで頼るつもり？　玲人先生、迷惑に思ってるわよ、きっと」

意地悪く言われたけれど、自分でもその通りだと思っているので、言い返せずギュッと唇を噛む。そんな私をちらりと見て、真美さんがキッと坂井先生を見据えた。

「憶測でものを言わないでください。失礼します。優里ちゃん、行こう」

真美さんの言葉にコクッと頷いて、軽く坂井先生に会釈すると、その場を離れた。

――玲人くんの迷惑になっている……か。

さっきまで心が弾んでいたのに、すっかりテンションが下がってしまった。

神社まで来ると、浴衣姿のカップルや、綿飴《わたあめ》や金魚掬《すく》いの金魚を手に持った子供たちとすれ違う。

坂井先生のせいで気分が落ち込んでいる私を元気づけるように真美さんが言った。

「優里ちゃん、たこ焼き、お好み焼き、じゃがバター、イカ焼き、きゅうりの一本漬けもあるわよ。なに食べる？」

「どれも美味しそうですね。暑いからきゅうりの一本漬けからいきます？」

気を取り直して真美さんにニコッとして答え、ふたりできゅうりを食べながら露店を見ていく。

仕事漬けの日々だったせいか、お祭りなんて久々で、目に映るものがみんなキラキラして見える。

「あっ、真美さん、見てください。綿飴美味しそう」

昔は白しかなかったのに、今はピンクや青、緑のものもあってカラフルだ。

物珍しそうに見ていたら、ドンと前にいた人にぶつかった。

「あっ、すみません」ととっさに謝るが、相手は髪を赤に染め、レザーの服を着たバンドをやっていそうな若い男性で、思わず身構えた。その横には青髪の男性がいて、ニヤニヤしながら私と真美さんを見ている。

「痛かったな。お詫びに付き合ってよ」

赤髪の人が私の腕を掴んできたので、あたふたした。

「え、ちょっ……」

「ぶつかったことはいいから、一緒に楽しもう」

「離してください」と言い返したら、相手は意地悪く笑いながら私を脅してくる。

「ぶつかっておいてなに言ってんの？」

「ちょっとやめてください！」

真美さんが赤髪の男性に食ってかかるが、彼女も青髪の男性に手を掴まれた。

「はいはい、騒ぎになるから静かにね」

私も真美さんも怖くて固まっていたら、急に腕が自由になって、背後から玲人くんの声がした。

「俺たちの連れになにか用か？」

聞いただけで周囲の空気が凍りそうな殺気に満ちたその声と共に、男性たちが「いてて」と呻く。

「こんなかわいい子たちを脅すなんて悪い連中だな。警察に突き出そうか？」

いつになく怒気を含んだ笠松先生の声もして、背後を振り返る。

すると、玲人くんと笠松先生が男性たちの手を捻り上げていた。玲人くんも笠松先生も浴衣姿だ。

「「いいえ、結構です。すみませんでした！」」

男性たちは怯えた様子で謝り、一目散に逃げていく。

彼らがいなくなると、笠松先生が私と真美さんに優しく声をかけた。

「ふたりとも大丈夫だった？」

「はい。助けてくれてありがとうございました」

私は笑顔で礼を言うが、真美さんは少しボーッとした顔で笠松先生を見ている。

「……先生、女の子連れてないんですね？」

真美さんが少し戸惑いながら尋ねると、笠松先生が苦笑いしながら答える。

「ああ。慶子先生に、四条を連れていけって頼まれたんだよね。慶子先生には逆らえないからさあ」

私も玲人くんが祭りに来ているのが不思議で彼に問う。

「玲人くん、仕事あったんじゃあ?」

「部長に『お前、働きすぎ。もう今日は帰れ』って言われたんだよ。そしたら姉貴に捕まって、強引に浴衣着せられたわけ。で、笠松に連れられて祭りに来てみれば、お前変なのに絡まれてるし……」

ハーッと玲人くんが深く溜め息をつくので、上目遣いに彼を見ながら謝った。

「……ごめんなさい。ボーッとしてたらあの赤髪の人にぶつかっちゃって」

強引に連れてこられたそうだし、機嫌悪そう。すぐにでも帰りたいだろうな。祭りが好きなタイプじゃないもの。できるだけそっとしておこう。

でも、濃紺の浴衣を着た玲人くんも素敵。周囲の女の子も彼をチラチラ見ている。彼の浴衣姿を見られただけでもラッキーだと思わないとね。

「真美さん……あれっ?」

真美さんに話かけようとしたら、彼女の姿がない。

え？　どこに行ったの？

真美さんを探してきょろきょろする私に、横にいた玲人くんが抑揚のない声で言う。

「笠松と先に行った」

「そうなんだ。玲人くん、ここでなにか食べてく？」

「ああ。せっかく来たしな」

玲人くんが突然私の手を掴んで歩きだしたので、ドキッとした。

「あの……玲人くん？」

顔がカーッと熱くなるのを感じながら玲人くんに目を向けたら、涼しげな顔で「なに？」と聞かれた。

「手……」

恥ずかしくてそう単語だけ口にすると、彼が面倒くさそうに返す。

「お前またボーッとして、妙なのに引っかかったら厄介だから。浴衣マジックで色っぽく見えるし」

彼の口から思わぬワードが出てきて、しつこく確認した。

「本当？　色っぽく見える？　慶子さんのだったからかなあ。馬子にも衣装だよね」

浴衣マジックだろうが、玲人くんに色っぽく見えたのなら嬉しい。

ひとりテンション高く喜んでいると、彼が呆れ顔で言う。

「馬子にも衣装って自分で言うか。お前のそのポジティブ思考、羨ましい。でも、実際綺麗だよ。……誰にも見せたくないって思う」

玲人くんがじっと私を見つめてきて、心臓がトクンと高鳴った。

待って。待って。私の耳おかしくなった？　『誰にも見せたくない』って言ったような……。

やっぱり玲人くん変だよ。まるで恋人に言うような言葉じゃないの。

ど、どういう顔したらいいかわからないよ。

「……あー、玲人くん、金魚掬い屋さんがある！　私、無性に金魚掬いがやりたくなったあ」

パニックになって話を変えたのだけれど、わざとらしかっただろうか？

いや、セリフが棒読みの時点で、私の態度がおかしいと気づくだろう。

でも、こんな甘いムード、私慣れていない。顔も火照って熱い――。

さりげなく手で顔を仰いでみるが、そんな私の胸中などお見通しなのか、彼が小さく笑ってつっこんでくる。

「子供か」

「だって子供がやってるの見たらやりたくなっちゃったんだもん。玲人くんもやろう」

玲人くんと親密な雰囲気になるのを避けたくて、少し嫌そうな顔をする彼の手を強く引き、金魚掬いの露店に連れていく。

「ふたり分お願いします」

露店のおじさんににこやかに言ってお金を出そうとしたら、玲人くんが「これで」と払ってくれた。

彼と水槽の前にしゃがみ、ポイを持つ。

恋人じゃないけど、なんだかデートみたいで嬉しい。慶子さんと笠松先生に感謝だ。

真美さんも笠松先生と仲良くやってるかな？

そんなことを考えつつ、ポイを使って金魚を掬おうとするが、動きが速くて逃げられる。一方玲人くんはというと、素早い動きで金魚を何匹も掬っていた。

「すごい。十匹くらいいない？　さっすが脳外科医。手さばきがすごいよね」

彼のボウルの中にはたくさんの金魚。

「優里のポイはもう破れかけてるな。それで掬えるのか？」

「が、頑張ります」

気合いを入れてなんとか一匹だけ取れたけど、もうポイがボロボロで私は終了。

玲人くんに目を向けると、十六匹掬ってポイが破けた。

「金魚掬いの天才」

私がとびきりの笑顔で褒めたら、彼が苦虫を噛み潰したような顔をする。

「それ言われても全然嬉しくない」

救った金魚は全部水槽に戻して店を後にすると、彼がまた私の手を握ってきた。

「腹減った。なんか食いたい」

「じゃあ、お好み焼きとかどう？」

「それでいい」

お好み焼きの露店に行くけれど、彼はひとつしか頼まなかった。

「え？　ふたつ頼まないの？」

「だって優里、こういうのいろいろ食べたがるじゃないか」

「うん」

「ほら、あーん」

玲人くんが真顔で箸を持ってお好み焼きを私の口まで持ってくる。

これは夢でしょうか？　あの冷たい玲人くんが私にあーんしてるんですけど。

「これ、動画撮っていい？」

玲人くんにお願いしたら、彼が眉間にシワを寄せて怒った。

「早く食べろ。手が疲れる」

「は、はい。いただきます」

慌ててパクッと口にして咀嚼《そしゃく》するが、熱くて顔をしかめた。

「熱……あっ」

「子供みたいに食べるから。口にソースだってついてる」

溜め息交じりに言って、彼は私の唇についたソースを指で拭い、ペロッと舐めた。

その恋人のような仕草に、目をぱちくりさせる私。

――やっぱりこれは夢かも。朝から玲人くんがおかしい。

その後も、イカ焼き、じゃがバター、牛肉の串焼きを食べ、デザートにはかき氷。

全部彼と半分こした。

「じゃあ、帰るか」

ひと通り露店を見て回ると玲人くんがそんな言葉をかけてきたので、足を止めて聞いた。

「え？　花火は？」

好きな人と花火見るのってずっと憧れだったんだけど。

「こんな人混みで立ったまま見ることない。もっといい場所がある」

「あっ、待って。真美さんと笠松先生はどうするの？」

ずっと別行動でいいのだろうか。

「放っておけばいい。子供じゃないんだから好きにするだろ。それに……」

玲人くんは言葉を切って、私を見つめてきた。

「俺は優里とふたりの方がいいんだけど」

女殺しのセリフを口にされ、ボッと火がついたように顔が熱くなる。

浴衣姿を褒められたり、手を繋がれたり、甘いセリフを言われたり……、もうなんなの～。私の妄想の世界だよ。

ひとりドギマギしていたら、玲人くんが指と指を絡めて手を握り直してきた。

「優里、ボーッとしすぎ」

フッとどこか謎めいた微笑を浮かべ、彼は私の手を引いて歩きだす。

この余裕顔、やっぱり全部冗談なのかな？　私、からかわれてる？

でも、彼はいつだってクールで、思わせぶりな態度を取るような人じゃない。

ひょっとして……私のこと好きなんじゃあ？

いやいや、落ち着け。玲人くんに限ってそれはない。

じゃあ、なんでこんなに優しいの？　ああ〜、もうわからない。

頭が混乱したまま連れていかれた先は、玲人くんのマンションだった。

なんでマンション？

ドアを開けて玄関を上がる玲人くんをジーッと見ていたら、彼が振り返った。

「早く上がれば？　もうすぐ花火始まる。うちのベランダから見えるんだ」

ああ、なるほど。確かに家から見れるならそっちの方がいいよね。外はまだ暑いし。

神社は人でごみごみしている。

私も玄関を上がると、キッチンへ行っていくつかおつまみを用意。その横で玲人くんが冷蔵庫からシャンパンを取り出した。

「母さんが置いてったシャンパン。やっと消費できる」

「なんか豪華だね」

フフッと笑って彼とベランダへ。

玲人くんがシャンパンをグラスに注ぐと、パンと花火が上がる音がした。

夜空に咲く綺麗な花。

「……綺麗。こんなに大きく見られるなんて、ホント特等席だね」

ウッドチェアに座ると、彼がグラスを私に手渡した。

「乾杯」

玲人くんが自分のグラスを掲げたので、私も「乾杯」と笑顔で言ってシャンパンを口にする。人生初のシャンパンは、喉越しがよくて美味しかった。

「シャンパンってこんなに美味しいんだね」

私の感想を聞いてピンときたのか、彼が確認してきた。

「ひょっとして初めてか？」

「学生時代はお金なくてバイトばっかりで……、会社の飲み会でもビールとかハイボールしか飲まなかったから」

シャンパンなんて夢の飲み物だったなあ。私の中では恋人と飲むお酒というイメージ。ムードのあるお店にも行ったことないし、そもそも相手がいなかったしね。

「ああ」

私の返答を聞いて、納得した顔で彼が頷いた。

「花火にシャンパンに玲人くん。すっごく贅沢」

シャンパングラスを口にしながらニンマリしたら、彼がフッと微笑した。

「優里ってお手軽」

「そうかな？　こんなに幸せなことないよ。それにしても、玲人くんの浴衣姿いいねえ。白衣もいいけど、カッコいい」

テーブルの上で頰杖をつきながら、玲人くんを見つめていたら、ハーッと溜め息をつかれた。

「お前、花よりイケメンなんじゃないの？」

「それを言うなら花より玲人くんだよ」

すかさず彼の言葉を訂正するが、軽く流される。

「はいはい。あっ……このトマトとチーズのつまみ美味しい」

おつまみを口にした玲人くんの感想を聞いて、頰が緩む。

「スーパーに美味しいトマト売ってたんだ。チーズは冷蔵庫にあったの使っちゃった」

「なんだか所帯じみた発言だな。優里が実家で華江さんと野菜の下処理してたの思い出した」

クスッと笑う玲人くんがとても楽しそうで、花火よりも見入ってしまう。

ああ、やっぱり……玲人くんが好き。

両思いになることはなくても、私は一生彼を思い続けるだろう。

私の目には他の男性なんて映らない。綺麗な花火さえも彼の引き立て役だ。

「四条家のキッチンで栗の皮むきとかしたっけ。栗ご飯今度作って……あっ、なんでもない」

作ってあげると言おうとしてやめたら、彼が首を傾げて聞き返してきた。

「なに？　途中で言うのやめられると気になるんだけど」

彼が微かに顔をしかめる。

あっ、せっかくいい空気だったのに怒らせちゃう。

「ここで栗ご飯作るってことは、秋まで居座ることになるから、約束はできないなって……」

ためらいながらも思っていることを伝えたら、彼が椅子の背にもたれて私を冷ややかに見据えた。

「今、貯蓄額がゼロに近いのに、もう秋に引っ越しできると思ってるのか？」

うっ、お説教モード。

「だって……玲人くんにそんなずっと迷惑かけられないよ」

今日坂井先生にも言われたし、このまま彼に甘えていてはいけない。

私の気持ちも理解してもらいたくてそう言い返したら、彼が少し表情を和らげて私に告げる。

「だから、俺は迷惑だなんて思ってない。ずっといればいい」

ずっと？　彼の言い間違いかもしれない。

「そんな優しいこと言うと、本当にこのまま居座っちゃうよ」

私がこう言えば、『それは勘弁』と玲人くんは返すはず。だけど私の読みは外れた。

「いいんじゃないか」

淡々と返す彼の表情はいつもと変わらなくて、混乱した。

「正気？　だって、家族でもない私が一生居座るんだよ。玲人くん、女嫌いじゃないの」

彼は小さい頃からモテすぎたせいか、女性に冷たい。私をここに置いてくれたのは特別な措置で、普通に元気に暮らしていたら、玄関にさえ入れてくれなかっただろう。

玲人くんに顔を近づけて確認すると、彼はシャンパンを口にしながら穏やかな声で言う。

「優里ならいいよ」

シャンパンで酔ってしまったのだろうか？

でも、彼の顔は赤くないし、素面に見える。

今日の彼はとことんおかしい。私を見つめるその目がとっても甘くて、何度も勘違いしそうになった。

――私のこと好きなんじゃないかって。

もちろんそう思う度に即座に打ち消して、普段通りに振る舞おうとした。

でも、彼の眼差しが伝えてくるのだ。

お前が好きだって――。

彼が好きすぎて私の感覚が麻痺《まひ》してしまったのかもしれない。小さい頃から知っているせいか、彼の中では私はまだまだ子供で、女として見られていないこともわかっている。

それでも、本人に確認せずにはいられなかった。

「あの……私の勘違いだったらごめんね。妄想がひどいって呆れられるかもしれないけど……」

そう前置きをして玲人くんに目を向けると、彼はいつもの気だるげな声ではなく、低く甘い声で私に先を促す。

「なに？」

「玲人くんって……私のこと好きなの？」

――それは今朝彼が出した宿題の答え。

恥ずかしくて彼を直視するのが難しかったけど、逃げずにその綺麗な双眸《そうぼう》をじっと見つめると、花火の音が大きくドンと鳴った直後に彼が私の目をまっすぐに見て告げる。

「正解」

清らかで、それでいて甘さを含んだその声を聞いて瞠目《どうもく》する。

「え？」

一瞬頭が真っ白になった。時が止まったみたいだ。

てっきり『なに馬鹿なこと言ってるんだ』って、否定されるかと思ってた。

だから、『ごめん。ごめん。私ってやっぱ妄想ひどいね』って言い訳を頭の中で準備していたのだけれど……。

玲人くんが私を……好き？

花火の音で私の耳がおかしくなったのだろうか？

彼が私を好きなんて、天地がひっくり返ってもあるわけがない。

「あの……玲人くん、本当に私のことが好きなの？　私、聞き間違えていない？」

信じられない思いでしつこく聞き返す私を見て、彼が極上に甘い目で微笑む。

「ああ。優里が好きだよ」

その目は夜空に上がる花火よりも綺麗で、輝いて見えた。

「う……そ。本当に本当？」

こんな奇跡ってある？

心臓が花火の音みたいにドッドッドッと大きな音を立てている。

呆然とする私を彼が愛おしげに見つめてきて……。

「何度も聞くなよ」

フッと微笑し、彼はそっと私に口づけた――。

# 初めて抱かれた夜

「何度も聞くなよ」と玲人くんが返して私にキス――。

なにが起こっているのかわからなかった。

彼が私を好き？　えええ～！

脳内はパニック状態。目と鼻の先には彼の顔があって、なにも考えられない。

玲人くんは私と唇をゆっくり合わせてキスを終わらせる。

その瞳は謎めいていて、彼の心情が読み取れない。

玲人くんの気持ちを探ろうとその瞳をじっと見たら、彼は私と目を合わせ、もう一度はっきりと告げた。

「好きだよ」

彼の低音ボイスが耳に響く。

その言葉が花火の音にかき消されず、はっきりと私の脳に残って、ようやく嬉しさが込み上げてきた。

「私も……玲人くんが好き」

何度も告白してきたけれど、ずっと胸にあった気持ちをこの言葉に込めて彼に伝える。

「とっくに知ってるよ」

彼がどこか楽しげに微笑し、私の頭を掴んで再び口づけてきた。

私の唇を角度を変えて何度もついばみ、舌を入れてくる。

なに……これ？　微かにシャンパンの味がする。

私が驚きで目を大きく見開いている間も、彼はクチュッと水音を立てながら口内を探索する。

どう息を吸っていいのかわからなかった。

「んん……」とくぐもった声をあげながら玲人くんの肩を掴むと、彼が私の舌を吸い上げてきた。激しいキスに脳がおかしくなりそうだ。

でも嫌じゃない。もっとしたいって思う。気持ちよくて……頭がふわふわしてきた。

そのまま玲人くんのキスに応えていると、彼が突然私を抱き上げた。

「え？　なに？」

少しボーッとしている頭で問うも、彼は答えず、私を抱き上げたまま寝室へ行く。

その表情にはいつもの余裕がなかった。

「玲人くん？　どうしたの？」

ベッドに下ろされたかと思ったら、彼もベッドに上がってきた。

こ、これはどういうこと？

心臓はバクバク。

今どういう状況にいるか、必死に理解しようとしていたら、彼が私を見据えて真剣な顔で問う。

「優里を抱きたい。いい？」

その言葉にゴクッと唾を飲み込む。ついさっき両思いだとわかったばかりなのに、頭がますます混乱してショートしそうだ。

「……い、今？」

心の準備が全然できていない。

つっかえながら確認すると、彼が私の頬に両手を添えてくる。その目は熱を帯びていて、心臓がトクンと跳ねた。

「そう、今。優里が欲しい」

──玲人くんは本気だ。

大好きな人にこんなに求められたら、断れるわけがない。

「……うん、いいよ」

覚悟を決め、小さく微笑して返事をする。

ずっと願っていた。抱かれるなら玲人くんがいいって。

その日が本当に来るなんて思わなかったな。

たとえ彼の酔狂だとしても、一夜限りでも……抱かれたい。

「できるだけ優しくする」

私を見つめて微笑むと、彼はゆっくりとキスをしながら浴衣の上から胸に触れてきた。

初めてのことで反射的にビクッとする私を安心させるように、彼が耳元で囁く。

「大丈夫だから」

「うん」と頷いたものの、身体は緊張からか強張っている。

そんな私に彼は唇から耳へ、それから首筋へと、まるで私の緊張を解《ほぐ》そうとするかのように何度もキスを落とした。

くすぐったいようで気持ちよくて……なんだかとっても甘い。

私に触れる彼の唇やその手から、彼が私を大事にしてくれているのが伝わってくる。

私……玲人くんに愛されてるんだ。

夢見心地だったが、いつの間にか彼が私の浴衣をはだけさせているのに気づいてハッとする。

「あっ……私、今日かわいい下着じゃない」

今身につけているのは、シンプルな白い下着。こんなことなら慶子さんにもらったあの勝負下着をつけておくんだった。

恥ずかしくて下着を隠そうとしたら、彼に手を掴まれた。

「下着なんてどうでもいい。俺が欲しいのは優里だよ」

非の打ちどころのないその顔でそんな甘いセリフを口にして、彼は私の背中に腕を回し、ブラを難なく取り去る。胸が露わになったので、とっさに手で隠した。

「私……ナイスバディーじゃないよ」

身体は細身なのに胸が大きくてアンバランスなのがコンプレックスだった。

「ナイスバディーって、俺を笑わせにきてるのか？」

彼が真顔で確認してきたので、慌てて否定した。

「ち、違う。玲人くんをがっかりさせないかなって……」

もうテンパってて自分でもなにを言っているのかわからない。

「色白だし、綺麗じゃないか。しかも、腰が細くて胸だってある」

玲人くんが私の身体を観察するように見てきて、たまらず彼から顔を背けた。

「あ～あ～、そんなコメントしなくていい」

緊張で心臓の鼓動がうるさい。きっと彼にも聞こえているはず。

「言わないと、優里は自覚しないからだよ」

テンパる私を見てクスッと笑う彼に、ボソッと返す。

「それはそうだけど……」

初めてでどうしていいかわからないのだ。沈黙になるのも怖い。

「いいから黙って」

玲人くんに注意されたけど、このままだと心臓がどうにかなってしまいそうだった。

「でも、玲人くん……私、初めてなの」

私の不安が伝わったのか、彼が優しく微笑む。

「見ればわかるよ。大丈夫。怖くない。だから、手どけて」

「うん」と返事をして手を外すと、玲人くんが私の胸に触れてきた。

「ぎゃっ」と思わず奇声を発する私に、彼が冷静な声で言う。

「色気ない声。それに心臓の音すごいな」

「だ、だから言わないでって……あんっ」

文句を言おうとしたら、彼が私の胸を揉み上げてきて声をあげた。

「色っぽい声も出せるんだな」

低く喉の奥で笑って、玲人くんが私の胸の先端を焦らすようにゆっくりと舐める。

「あっ！」

反射的に身をよじる私を宥めるように、彼が首筋に唇を這わせてきた。

「そう。優里はただ感じていればいい」

「……ん！」

彼の吐息と髪が肌に当たってなんだかこそばゆい。髪の毛一本でも敏感に反応してしまう。

「なにも考えられなくしてあげる」

私の耳元で囁いてチュッとキスをすると、彼は胸を舐め回し、激しく吸い上げた。

「ああん！」

初めて知る快感に身悶《みもだ》えする。

胸が熱い――。

シーツを足の指で掴んで耐えるが、彼の愛撫《あいぶ》はそれで終わらない。

私の太腿を撫で回しながら、おへその周りを舌で円を描くように舐め上げる。

「あぁ……んん！」

くすぐったくてじっとしていられない。

クチュッと水音がしたかと思ったら、玲人くんが私の顔に目を向けたまま太腿にキスをしてきてドキッとした。

その目はとてもセクシーで、それでいて優しさも秘めていて、私のことを第一に考えてくれているのがよくわかる。

欲望に流されず、優しく触れて私の反応を確認するなんて、なかなかできることではない。

時間をかけてゆっくり愛してくれているのだ。

「玲人くん……」

名前を呼んだら、彼が微かに笑ってまた太腿に恭《うやうや》しく口づける。

大事にしてくれるのはわかるんだけど、この甘い攻めはいつまで続くの？

そんな疑問が頭を過って、「あ、あの――」と玲人くんに聞こうとしたら、彼がとんでもない行動に出た。

「あっ」

秘部に触れられ、小さく驚きの声をあげると、彼がニヤリとした。

「もう濡れてる。感じやすいな」

言葉でも私を攻めてくる彼に、ブンブンと首を振って答える。

「わ、わからない。玲人くん……ダメ、恥ずかしい」

玲人くんの手を掴んで抗議したけど、彼は意地悪く笑って私の足を開かせると、唇でも触れてきた。

生暖かい吐息。秘部の中で動く舌。

優しくて、甘くて、身体の芯がおかしくなりそう――。

「あ……ああっ」

今起こっていることが信じられなくて、彼を止めようとするが、甘い痺《しび》れに襲われ声にならない。指でも刺激されて、身体がビクビクした。

「軽くいったな」

軽くいった？

玲人くんが言った言葉の意味を理解する間もなく、彼は再び私の身体中を愛撫してきた。

口と手を使って探索するように私の身体を弄る。そのたびに喘《あえ》いで、喉がカラカラ。

でも、唇は……彼に何度もキスされて濡れている。

「その顔……すごくそそる」

玲人くんの声もなんだか掠れ気味。

なんだか夢を見てるみたい。五歳年が離れていて女だって思われてなかったけど、今彼とこうして肌を重ねている。

いつの間にかお互い裸になっていて、彼の肌の熱を直に感じた。

でも、彼はなかなか身体を重ねてこない。繰り返し私の秘部に触れて刺激してくる。

「ああっ……ん」

身体を弓なりに反らし喘ぐ私。

シャンパンの酔いが回ってきたのかどこか夢心地で、自分の喘ぎ声も他人のもののように聞こえてきた。乱れる私を見て、彼が微かに笑う。

「もうそろそろいいかな」

玲人くんが身体を重ねてくるけれど、途中で動きを止めた。

「やっぱりまだキツイな」

初めてだが、彼の言葉の意味がなんとなくわかった。私も下腹部が引きつった感じがするのだ。

「平気だからきて」

途中でやめられたくなくて、彼の背中に腕を回した。

「優里……」

私の顔を見つめて戸惑う彼に、再度声をかける。

「お願い」

「無理そうだったら言えよ」

私の頬を軽く撫でると、彼が私の中に入ってきて、思わず呻く。

「うっ……ん！」

痛みと圧迫感がすごくて、彼の背中を思い切り掴んだ。

初めては痛いってよく聞くけど、本当だった。しかも、経験したことのない痛み。

「優里」

玲人くんが私の名前を呼んで、口づける。

私の下唇を甘噛みしながら、強く抱きしめてきて……。

ああ……これで私たち、心だけじゃなく身体でもつながったんだ。

私……玲人くんに愛されてる。心も身体も——。

破瓜《はか》の痛みは、彼に愛された証。そう考えると、この痛みさえ愛おしく思えてきた。

じわじわと涙が出てきて、視界がぼやける。

何度か目を瞬いていたら、彼が心配そうな顔で確認してきた。

「大丈夫かって……なんで泣く?」

少しギョッとした顔をする彼に、ニコッと笑いながら返す。

「なんか……感動しちゃって。初めてが玲人くんで嬉しい」

「初めてだけじゃない。全部俺がもらうから」

真剣な顔でそう告げて、彼は腰を打ち付けてきた。

まるで他の男には渡さないって言っているかのよう。

——身体がすごく熱い。

普段冷静な玲人くんが、髪を乱して私を求めている。

もう痛みはない。彼が与える快感に身を委ね、一緒に上りつめていく。

クライマックスに達すると、全身から力が抜けた。

酸欠状態で、意識が朦朧《もうろう》とする。

玲人くんと愛し合うなんて……これはやっぱり夢なんじゃない、か——。

そう思うと同時に、記憶がプチッと途切れた。

# 約束　―　玲人side

目を開けると、俺も優里もベッドで寝ていた。

昨夜は愛し合って、そのまま疲れて寝たんだっけ？

まだ辺りは暗い。

「今、何時だ？」

ベッドサイドのデジタル時計を見ると、まだ四時半過ぎだった。

もう少し眠れるな。あれだけ激しく愛し合ったのに、身体はあまり疲れていない。

優里はどうだろう？

彼女に目をやると、俺の胸に身を預けて眠っていた。

寝顔はあどけないが、やはり疲れが見える。

昨夜はかなり無理をさせてしまったな。優里は初めてだったから気遣ったつもりだったけど、それでも自分を抑えきれなかった。

まさか彼女を好きだと自覚したその日に抱くなんて……。

自分はいつだって冷静だと思っていたのに、優里のこととなると熱くなる。

浴衣姿の優里が綺麗で、触れずにはいられなかった。浴衣を用意したのは姉貴だし、彼女の策略にまんまとはまった気がする。きっと姉貴はこうなることを期待していたに違いない。

でも、優里を好きなのは事実。後にも先にも俺をおかしくさせるのは彼女だけだ。笠松に連れられて神社に行った時も、すぐに優里を見つけた。他の女性なんて目に入らない。

見知らぬ男に腕を掴まれていて、頭にカーッと血が上るのが自分でもわかった。ホント、危なっかしい。よく俺がアメリカに行っている間無事でいたと思う。

優里は俺の容姿をよく褒めるけど、自分のことには無頓着。周囲の男にどんな目で見られているか知らないのだ。

自分の身体のことだって綺麗だとは思っていない。無自覚って怖いな。

無防備に眠る姿も綺麗で、思わずそのシルクのように艶やかな髪に触れながら、彼女の唇にそっとキスを落とした。

「う……ん」と優里が寝返りを打つが、起きる様子はない。

フッと微笑して静かにベッドを出ると、シャワーを浴びた。

それからキッチンへ行き、冷蔵庫からペットボトルの水を取り出して一口口にする。

また寝室に戻ると、俺の気配に気づいて優里がうっすら目を開けた。

「……玲人くん？」

寝起きがいいはずなのに、今朝は眠そうな顔をしている。

「水飲むか？」

ペットボトルの蓋を開けて優里に差し出すと、彼女がムクッと起き上がった。

まだ半分寝ているような状態なので、俺が手を添えて飲ませる。

「今……何時？」

ゴクゴクと飲んで喉を潤した彼女が、時間を確認する。

仕事があると勘違いしているのかもしれない。

「まだ五時過ぎ。今日は病院休みだし、寝てていい」

安心させるように言うが、彼女は横にならず、目を擦《こす》りながら言う。

「朝ごはん……作らなきゃ」

身体は疲れていても、俺のために食事を作ろうとする。そんな彼女に、胸がジーンとしてきた。

「まだいい。寝よ」

優里の肩を撫でると、ペットボトルの水をベッドサイドのテーブルに置き、彼女と一緒にベッドに横になった。

優里はそのまま目を閉じ、俺の方に身を寄せてすぐに眠ってしまう。

無邪気なその寝顔を見ていると、なんだか幸せな気持ちになってくる。

もう少し昨日の余韻に浸っていたい。

優里を抱きしめて俺も目を閉じる。彼女の肌の温もりがとても心地いい。

そのまま優しい眠りに誘われ、俺も寝入ってしまった。


次に目覚めた時には、優里の方が先に起きていた。

俺の腕の中でモゾモゾと動いている。

「これ……どうやって起きればいいの？」

その悩ましげな声で目をパチッと開けると、彼女の顔が視界に映った。俺と目が合ってビックリしたような顔をしたかと思ったら、すぐに顔を赤くする。

「おはよ」

すでに一回起きているが、そう声をかけると、彼女がますます顔を赤くして挨拶を返す。

「お……おはようございます」

「なんで敬語？」

昨日のことがあって照れているのはわかっていても、聞かずにはいられない。

「な、なんか恥ずかしい。しかも私だけ裸。服着るから……目を瞑ってもらっていい？」

伏し目がちにお願いしてくる彼女がかわいい。

「もう全部見て知ってるのに、その必要あるのか？」

優里の顎を掴んで目を合わせると、彼女が上目遣いに俺を見て訴える。

「だって……明るいんだもん、ここ」

気にするなと言っても無駄だろう。

「仕方ないな。目を瞑るから早く服着たら？　その代わり、今日は浴衣は着るなよ。また手を出す可能性があるから」

優里の耳元で告げて警告すると、彼女の顔がボッと火がついたように真っ赤になった。それを見てフッと微笑しながら起き上がったら、彼女が突然「ああ～！」と声をあげた。

「今度はなに？」

朝から賑やかなのはいつも通りだな。

「れ、玲人くんの背中に引っ掻き傷が……。多分、私が引っ掻いちゃったんだと……。ごめんなさい」

彼女が恐る恐る俺の背中に触れて、申し訳なさそうに謝ってくる。

「ああ。道理でシャワー浴びた時に染みると思った」

シャワーの時にそう感じただけで、今は別に痛みもない。彼女に指摘されなかったら、背中の傷にも気づかなかっただろう。

「薬を塗らなきゃ」

大騒ぎする彼女に淡々と返した。

「この程度なら必要ない」

「本当に、本当にごめんね」

手を合わせて優里が謝ってくるので、優しく彼女の頭に触れた。

「だから、謝らなくていい」

俺より優里の方がもっと痛かったはず。

昨夜彼女を抱いた時、俺の背中にしがみついて我慢していたから。

「ほら、目瞑ってるから、早く服着れば？」

優里にそう促して目を閉じると、彼女がベッドを出る気配がした。

しかし、「うっ」と呻いたきり動く様子がない。

「どうした？」

目を開けて問うと、彼女が床にしゃがみ込んでいた。

「下腹部が痛くて……」

初めてだったし、昨夜俺が無理させたせいだろう。本当に抱きたいと思ったのは彼女だけだったから……。

クローゼットから俺のTシャツを取ってきて優里に着せると、彼女を抱き上げてバスルームに運んだ。

「シャワー浴びてくるといい。朝食は用意しておくから」

「面目ないです」

しゅんとなる優里に、「気にするな」と微笑む。

他の人間だったら、ここまでしない。彼女だから世話を焼くのだ。

「今日は俺もオフだし、のんびりしよう」

「……玲人くんって意外と世話好きだよね」

俺を見つめてしみじみとそんな感想を口にする彼女の頬に手を添え、ゆっくりと口づけた。

「優里限定でね」

一週間後――。

「相変わらずあの娘と住んでいるようだな。早く追い出せと言っただろ」

親父が激昂するが、平然として返す。

「もう子供じゃないんです。自分のことは自分で決めます」

内線で院長室に呼び出されて来てみれば、また優里の話だった。

「そういうわけにはいかない。お前はいずれこの病院を継ぐんだ。軽はずみな行動は慎め。もう病院の職員は皆お前があの娘と同棲していると知ってるぞ」

親父はかなり苛立っていたが、俺は冷静だった。

「あの娘じゃありません。優里です」

冷ややかに訂正すると、親父がさらに怒って声を荒らげた。

「名前なんてどうでもいい！　いいか、お前に縁談の話が来ている。相手は形成外科にいる坂井先生だ。今週中に娘を追い出……!?」

「回診の時間なので失礼します」

最後まで親父の話は聞かずに、一礼して院長室を退出する。

ああいう父はまともに相手にしてはいけない。なにを言っても聞かないのだ。

脳神経外科の病棟に行き、明日手術する健くんの病室にノックをして入ると、彼はベッドの上で参考書を読んでいた。

「勉強もほどほどに」

いつも勉強ばかりしている彼を注意すると、苦笑いされた。

「今頃みんな塾の合宿で勉強してると思うと焦っちゃって。でも、頭痛もないし、調子いいんだ」

「薬が効いている証拠だね。でも、無理はよくない。焦らなくても大丈夫。俺が治すから」

そのためにアメリカで修業してきた。彼と同じタイプの腫瘍の子供を手術したことだってある。

今、頭に浮かぶのは優里が俺に言ってくれた言葉。

『救える命だっていっぱいあるよ、玲人くん』

そう。必ず俺の手でこの子を救ってみせる。

「うん。玲人先生だから安心。それにね、優里ちゃんにお守りもらったんだ」

健くんが俺に朱色のお守りを見せてきたのだが、それは安産守りで、一瞬目が点になった。

「……優里らしい。ごめん。彼女に注意しておく」

「『ごめん』って先生自分の奥さんのことみたいに謝るんだね。いいんだ。このお守り気に入ってるし。優里ちゃんが僕のためを思ってくれたんだから」

健はどこか大人びた顔で鋭く指摘して、ニコッと笑う。

言われるまで気づかなかった。自分のものだって思ってるから、なにも考えず謝ってしまった。

ごまかすだけ無駄だろうな。

否定も肯定もしないでいたら、彼は話を続ける。

「先生が優里ちゃんのこと好きじゃなきゃ僕がもらおうと思ったんだけどな。優里ちゃんはとてもいい子だから泣かせちゃダメだよ、先生」

子供に釘を刺されるとは思わなかった。

「ああ。約束する」

にっこり笑って健くんにそう告げると、彼も嬉しそうに口元を綻ばせた。

「先生、最近変わったよね。表情が柔らかくなった。優里ちゃんのせい？」

「……君は鋭いな。多分、そうだと思う」

同じようなことを同僚にも言われた。

「美男美女でお似合いだよね」

ニヤニヤ顔で俺を弄ってくるところが笠松と被る。

「それはどうも」

表情を変えずにそう答えたら、彼が俺の腕を掴んだ。

「ねえ先生、手術成功したら、お願い聞いてくれる?」

「なに?」

物をねだるのかと思ったが違った。

「結婚式には呼んでね」

その言葉を聞いて、呆気に取られる。

正直、優里を好きだと自覚してからそんなに日が経っていないから、結婚のことまで考えていなかった。だが、彼女以外の女性と一緒になるなんて考えられない。俺の心と身体が拒絶するだろう。

死ぬまで一緒にいたいと思うのは優里だけだ。

「ああ。約束する」

健くんの目をまっすぐに見て頷き、俺の腕を掴んでいる手をポンと叩いた。

元気づけに来たつもりが、俺が逆にエールを送られた気がする。

その後、急患もなく午後七時に仕事を終えると、病院の裏口で笠松に会った。

「よお、今帰り？」

俺の肩に顎をのせて絡んでくる。

「笠松、重い」

ギロッと睨みつければ、笠松はあまり反省した様子もなく、「悪い」と謝る。

「家に帰れば優里ちゃんがいて、美味しいご飯を作ってもらえて、ああ〜、四条が羨ましい。だけど、うなじにキスマークつけるのはやめたら？　本人も気づいてないよな？　クールなくせに所有欲むき出し」

きっと田中さんから聞いたに違いない。お祭りの日からふたりは付き合っているのだ。

「うるさい。人のこと弄る前に、自分の心配したらどうだ？　今日田中さん、内科の谷口《たにぐち》先生に焼き肉に誘われてたぞ」

笠松を黙らせるためにそんな情報を教えれば、彼が少し焦った顔でスマホを出してどこかに電話をかける。恐らく田中さんに確認するつもりなのだろう。

そんな笠松を放置して帰宅すると、優里が満面の笑みで出迎えた。

「お帰りなさい。今日は早かったね」

彼女の笑顔を見ると、家に帰ってきたんだなって思う。

「ああ。急患もなかったし、明日は健くんの手術もあるから早目に上がった」

「そう。ご飯できてるよ。今夜はデミグラスハンバーグ」

とびきりの笑顔でメニューを伝えてくる彼女に、悪戯っぽく目を光らせて確認した。

「今日はあれ言わないのか？」

「あれって？」

彼女が首を傾げて聞き返してきたので、ニヤリとしながら伝える。

「『ご飯にする？　お風呂にする？　それとも、私にする？』」

俺の返答を聞いて、彼女は顔を真っ赤にする。

「い、言わないよ」

優里を抱いてから、彼女はその言葉を言わなくなった。あの時は冗談だったが、今は本気にとられてしまうからだろう。

「ちょっと残念だな」

フッと笑いながら玄関を上がると、「もう、玲人くんからかわないでよ～」と彼女が俺の背中をポコポコと叩いてきた。

楽しい日常。こんな日々がずっと続けばいいと思う。

そのためには、俺たちの関係をはっきりさせなければいけない。

「優里、今度時間が取れたら、華江さんに会いに行こう」

「え？　仕事大丈夫？」

「ああ。ちゃんと俺たちのことを華江さんに話しておきたい」

アメリカから帰国して一度挨拶に行こうと思っていたが、延び延びになっていた。

「ああ。今、私が玲人くんのところに居候してるってことね」

優里が頓珍漢《とんちんかん》なことを言うので、すかさず訂正した。

「違う。付き合ってるってこと」

「私たち……付き合ってるの？」

ひどく驚いた顔をする優里を見て、一瞬唖然《あぜん》とした。

「俺が優里が好きだって言ったの覚えてないのか？」

スーッと息を吸って心を落ち着けてから優里に確認すると、彼女は俺の目を見て必死に弁解する。

「お、覚えてるよ。でも……付き合おうとは言われてないから、恋人って認識なくって……。あの……こういうの疎《うと》くてごめんなさい」

気まずそうに次第にトーンダウンするその声。

ああ……恋愛面では俺も初心者。てっきり彼女も同じ気持ちでいると思っていた。

「いや。俺も悪かった。言葉が足りなかった」

そう言葉を切ると、バッグを床に置いて、彼女の両腕を掴んだ。

「だから、今はっきり言う。優里は俺の彼女だし、近いうちに俺の奥さんになってもらうから」

「嘘……本当？」

優里が目を大きく見開き、口に手を当てて俺に聞き返す。

今まで素っ気なくしてきたから、信じられないのは無理もない。俺だって、健くんに言われて初めて結婚のことを考えだしたところだ。

「いい加減な気持ちで優里を抱いてないよ」

真剣に自分の気持ちを伝えると、優里が不安そうな顔で俺に変なお願いをする。

「あの……私の頬を思いっきりつねってくれないかな？」

「は？　なんで？」

優里の想定外の言葉に面食らいつつも、彼女に理由を問う。

「なんか幸せすぎて現実と思えなくて……。これ、私の妄想じゃないよね？」

優里の瞳が揺れている。

夢を見ているようで怖いんだろうな。

「現実だよ」

優里の目を見て優しく告げて、彼女の唇に自分の唇を重ねた。

「……ん」と彼女がくぐもった声をあげるが、構わず自分の思いを伝えるかのように熱く口づける。

愛していると——。

キスを終わらせると、放心している優里の目を覗き込み、悪戯っぽく目を光らせた。

「これで現実って実感した？」

つねる代わりにキスで証明してみせたのだが、俺の声で我に返ったのか、優里は頬をピンクに染める。

「……う、うん」

恥ずかしそうにしている彼女がこの上なく愛おしい。……そう。愛おしいから、一生俺のそばにいてほしいのだ。

「木村優里さん、僕と結婚してくれませんか？」

優里の左手を掴み、彼女の目を捕らえてプロポーズする。

本当は指輪を用意してするものなのかもしれない。でも、俺は今、この瞬間が一番ベストなタイミングだと思った。誰にも優里を取られたくなかったのだ。

「玲人くん……」

今にも泣きそうな彼女に、優しく笑って注意した。

「プロポーズしたんだから、返事をくれないか？」

「……はい。私をあなたのお嫁さんにしてください」

目に涙を浮かべながら笑って返事をする彼女が、とても綺麗だった。

「じゃあ、この薬指は俺が予約しておく」

彼女の左手に恭しく口づけると、涙をポロポロと流して泣きだしたものだから、ギョッとした。

「ちょっ……泣くなよ。今日健くんに優里を泣かさないって約束したんだから」

「なんでそんな話になったの？」

不思議そうな顔をして俺を見る彼女の涙を指で拭いながら、フッと微笑した。

「それは内緒だ」

「優里、なにしてる？」

ハンバーグを食べた後、シャワーを浴びてキッチンへ行くと、優里がダイニングテーブルにノートを広げて作業をしていた。

「健くんの勉強の参考にならないかなって、苦手克服のノート作ってる」

勉強を見て、お守りも渡し、おまけにノートまで作ってあげるなんて、かなりかわいがってるな。

「ふーん、でもここ間違ってる。二じゃなくて三」

答えが違っていて優里に指摘すると、彼女が苦笑いした。

「ホントだ。ありがと。さすがだね」

「優里、数学苦手だっただろ？　大丈夫なのか？」

本人に確認したら、ちょっと頼りない返事が返ってきた。

「が、頑張る」

「なんか不安だな。ちょっと見せろ」

優里が作成していたノートを手に取って問題を見ていくと、間違いがちらほらあった。

これを健くんに渡すのはマズい。まあ、彼は頭がよさそうだし、間違いだって気づくかもしれないが、やはりこのままにはできない。それこそ俺の責任でもある。

「ペン貸して」

俺が右手を差し出すと、彼女が医療器具を渡すように「はい」と手渡してきた。

「サンキュ」

ノートをチェックし、間違いを訂正していく。横で見ている優里が感心したように言う。

「玲人くん、計算式書かずに解くってすごいよね」

「頭の中で書いてるだけだ。算数は全部見ておくから、他の教科進めてていい」

問題を解きながら優里にそう言ったら、彼女が慌てた。

「え？　明日玲人くん手術だし、それはさすがに申し訳ないよ」

「リラックスできてちょうどいいから」

「算数解いてリラックスできるの？」

俺の返答を聞いて優里が信じられないというような顔で聞き返してきたので、ノートから顔を上げ、彼女の目を見て微笑んだ。

「ああ。気分転換になっていい」

算数もそうだけど、一番心が休まるのは彼女がいる空間にいること。

「玲人くんってやっぱ天才だよね」

「そんなことない。ただ好きなだけ。問題解くのが快感っていうか」

「その感覚がすごいよ。羨ましい」

ジーッと優里が俺を見つめてくるので、手を止めて彼女の頭をポンと叩いた。

「優里は語学が得意じゃないか」

昔、優里にしつこくせがまれて勉強を教えたことがあるが、英語は得意だったこともあっていつも満点に近い点数を取っていた。

「まあね。でも、自分が数学苦手だったから玲人くんが羨ましくなるの。健くんね、いっぱい勉強して玲人くんみたいなお医者さんになりたいって言ってたよ」

その話は初めて知った。

「へえ」

「だから、手術成功して、受験にも合格してほしいな……って、玲人くんにプレッシャーかけてるかな?」

ハッとした表情で聞いてくる彼女に優しく微笑んだ。

「いや。頑張らないとって思うよ」

健くんに普通の生活を送らせてあげたい。彼はまだ十二歳。これからいっぱい楽しいことがある。

「よかった」

ホッとした顔をした彼女を見て不意に安産守りのことを思い出し、クスッと笑って告げた。

「ところで、優里が渡したお守り、安産守りだった。それでも健くんは喜んでたけど」

あわてんぼうな優里らしいミス。

でも、呆れるというより心がほっこりするのは、俺が彼女を好きだからだろうか。

「ああ～、やだ～。健くん、ごめんなさい」

俺の話を聞いて優里は青ざめ、この場にいない健くんに頭を抱えながら謝る。

その姿がかわいくて、触れずにはいられない。

彼女の顎をクイと掴むと、顔を近づけて唇を重ねた。

「……え？　え？　玲人……くん？」

衝動的にキスをした俺を見て、優里が目を丸くしている。

「ただキスしたかったからしただけ」

平然と言ってのける俺に、彼女が頬を赤く染めながらごにょごにょと文句を言った。

「も、もう……不意打ちすぎるよ」

彼の家に帰りたい

「今日、雨降るかもしれないって。玲人くん、折り畳み傘持っていった方がいいよ」

朝、病院に行く準備をしていると、テレビの天気予報で東京はにわか雨の可能性があるとお天気キャスターが言っていた。

ネクタイを締めている玲人くんに教えてあげると、彼は淡々と返す。

「置き傘してるから問題ない」

今日は健くんの手術があるけれど、彼はいつもと変わらない。睡眠もしっかり取れているみたいだし、緊張もないようだ。

玲人くんと一緒にマンションを出て病院に着くと、「今日の晩ご飯は生姜焼きだよ」とエレベーターに乗る彼に声をかけた。

本当は『頑張って』と言いたかったのだけど、彼に余計なプレッシャーをかけると思ったのだ。

「ああ」と玲人くんが返事をして、私の頭をポンと叩く。多分、心配するなと言っているのだろう。

今日はなるべく表情には出さないでいるつもりだけど、両手に旗を持って応援したい気持ちは彼にダダ漏れかもしれない。

玲人くんはクールだから、あまり自分の感情を人に伝えることはないが、思いが通じ合ってからは、私に優しく触れてくれるようになった。今だってそうだ。

私の目を見て彼が微かに笑うと、エレベーターの扉が閉まった。

どうか健くんの手術が成功しますように。

手を組んで祈っていたら、笠松先生と真美さんがやってきた。

「優里ちゃん、そんなところでお祈りして……。どうしたの？」

笠松先生に声をかけられ、ふたりに挨拶する。

「あっ、おはようございます、笠松先生、真美さん。今日玲人く……先生が、私が勉強教えてる子の手術をするので、祈っていたんです」

「ああ。そういえば、昨日医局に行った時、四条真剣に資料見てたよ。きっと今日の手術のためなんだろうな。大丈夫。絶対成功するよ。なんせあいつは天才だから」

私を元気づける彼の言葉に、とびきりの笑顔で返す。

「はい」

「そうよ。玲人先生を信じなさい」

真美さんも私の背中を優しく叩いて励ましてくれる。

エレベーターで医局に向かう笠松先生と別れ、私と真美さんは更衣室に行って制服に着替えた。

「今日は笠松先生の家から来たんですか？」

まだ他の事務員は来ていないので、クスッと笑ってそんな質問をしたら、彼女が頬を赤くしながら答える。

「そ、そう」

真美さん、かわいい。

笠松先生と真美さんってお似合いだと思う。

あのお祭りの日に、真美さんが思い切って笠松先生に告白したらしい。

笠松先生も、ちゃんと真剣に交際してるんだろうな。彼女と付き合いだしてから、他の女性職員を誘ってる姿は見たことがない。病院内でも公認のカップルになりつつある。

「ラブラブでいいですね」

「そういう優里ちゃんだって玲人先生とラブラブじゃない。首筋にキスマークついてるよ」

真美さんの指摘に驚いて、ここが病院というのも忘れて声をあげてしまった。

「ええ、嘘！」

意外すぎて信じられなかった。

「優里ちゃん、静かにね」

真美さんにやんわり注意され、すぐに謝る。

「あっ、はい。すみません。ホントにキスマークなんてついてます？」

あのクールな玲人くんがキスマークなんてつけるのだろうか？

真美さんにからかわれているのかと思ったけど、彼女がスマホで写真を撮って私に見せてくれた。

「ほら、ここ。髪の毛でわかりにくいけどね」

私の首筋に赤紫の痣がついていた。

「……ホントだ」

手でキスマークに触れるが、痛みはない。

今日は健くんの手術のことばかり考えてて、全然気づかなかった。

昨日は特に愛し合ってはいないし、私が寝ている間につけられたんだろうな。

でも、画像を見てもまだ信じられない。

「言っとくけど、これが初めてじゃないからね。前もうなじにつけられてたよ」

さらに衝撃的な話を聞いて、頭がパニックになった。

「え？　ええ〜」

頬に両手を当てて叫ぶ私に、彼女が人差し指を自分の唇に当てて注意する。

「だから、シー」

「……すみません。でも、気づいてたなら教えてくださいよ」

青ざめながらそう言ったら、彼女が苦笑いしながら謝る。

「ごめん。私も最初気づいた時は半信半疑だったのよねえ。玲人先生って淡白な感じするし。でも、愛されてるわね。玲人先生、我慢できなかったんだろうな。優里ちゃん、素直でかわいいもの」

「真美さ〜ん、もうからかわないでください」

恥ずかしくて両手で顔を隠して文句を言うと、彼女はハハッと笑った。

「ごめん、ごめん。だって、あの難攻不落の玲人先生を落としちゃうんだもん。優里ちゃん、すごいよ」

「私もまだ信じられないです。夢を見てるんじゃないかって今も思います。だって小学生の頃から『好き』って言ってたのに、全然相手にされなかったから」

もし、彼と同い年だったら少しは私を見てくれただろうか？

いや、彼は女嫌いだから余計に相手にされなかったかもしれない。リアルに振られる姿が容易に想像できる。

「優里ちゃんのその一途な思いが報われてよかったね」

「はい。本当に」

真美さんに優しい目で言われ、コクッと頷く。

昨日玲人くんにプロポーズされたし、幸せすぎて頭が溶けそうだ。顔だって自然とニヤけてしまう。

制服に着替えた後は、気を引き締めながら業務に取りかかった。

今日の午後は健くんの手術。私も浮かれていないでちゃんと仕事をしないと。

いつも以上に気合いを入れていたら、慶子さんが受付にやってきた。

「これ、よかったら優里ちゃんにあげるわ」

小さな紙袋を差し出す彼女に、小首を傾げて「なんですか？」と聞く。

「扇子《せんす》よ。お土産でもらったんだけど、私、同じもの持ってて」

「いいんですか？　嬉しい」

夏に扇子を持ってる人を見てちょっと憧れていたのだけど、自分で買おうとは思わなかった。だって、扇子がなくても別に困らない。そういう考え方でずっと生きてきた。

でも、慶子さんは私がそう理由をつけて諦めていたものを私にくれる。とっても素敵なお姉さまだ。

「慶子さん、ありがとうございます」

紙袋を受け取り、彼女に笑顔で礼を言った。

「ふふっ、なんか慶子先生と優里ちゃんて姉妹みたいに仲いいですね」

真美さんの言葉を聞いて、慶子さんが軽くウインクする。

「これから義理の姉妹になるけどね」

「け、慶子さん！　もうなに言ってるんですか！」

恥ずかしくて顔が火照るのを感じながら怒った。

彼女にはまだ玲人くんと両思いになったことは話していないけれど、この自信に満ちた言い方からすると、バレバレなのだろう。

なんせ私と玲人くんを一番よく見てきたのだから。

昼休みに入り、健くんが気になって病室の前まで行くと、ドアが少し開いていて、彼のご両親がいるのが見えた。これから手術だからだろう。

病室には入らずに心の中で『頑張って』と、そっとエールを送る。

健くんの顔が少し見えたが、元気そうで安心した。

──きっと手術は成功する。

それは予感というか、確信に近い。

一階のカフェでお昼を食べていると、隣の席に坂井先生が座ってきた。

「あら木村さん、こんにちは」

笑顔で挨拶されたが、その目は敵意に満ちていて、ちょっと身構えながら挨拶を返す。

「……こんにちは」

「ねえ、いつまで玲人先生の家にいるつもり？」

周囲に聞こえるような大きな声で聞かれ、居心地の悪さを感じながらも彼女の目を見てはっきりと答えた。

「先生には関係ないと思います」

「関係あるわよ。だって私は玲人先生と結婚するんだもの」

自慢するような彼女の言葉を聞いて、頭に？マークが浮かんだ。

そんな話、玲人くんから聞いたことない。昨日だって私にプロポーズしてくれた。

「あの……どういうことですか？」

なんだか狐《きつね》につままれたような気分で聞き返したら、彼女がどこか意地の悪い笑みを浮かべた。

「ああ。親同士が決めたことだから、あなたに話が伝わってないのかもね。四条院長が医師会の理事をしているのはご存じ？」

「……はい」

それと坂井先生になんの関係があるのだろう。

「私の父も医師会の理事をしているの。それで父親同士が仲がよくて、子供同士を結婚させようって話になったのよ。私も医者だし、玲人先生の奥さんにピッタリですもの。あなたと違ってね」

彼女がマウントを取ってきたが、怒りは感じなかった。ただただ怖くて身体が固まっていく。

本当に玲人くんと坂井先生が結婚するの？

「いつまでも玲人先生にしがみついてるなんて端から見てると醜いわよ」

「しがみついてるなんて……」

否定しようとするも、彼女の言葉にショックを受け、強く反論できない。

「私が嘘を言ってると思ってる？」

坂井先生に聞かれたけど、なにも言葉を返せなかった。

そんな私を見て、彼女はゆっくりと口角を上げる。

「私はね、医大生の時からずっと玲人先生を狙っていたの。あなたみたいなどこの馬の骨ともわからない人に彼は渡さないわ」

自身も医者で、父親も医者。玲人くんと似たような家庭環境。

一方、私は両親に先立たれ、過去の仕事に恵まれず、貯蓄ゼロの家なき子。

将来の院長夫人にどっちが相応《ふさわ》しいか問われたら、誰もが坂井先生と答えるだろう。私だってそうだ。

ひどく気落ちしてしまい、食欲もなくなった。

サンドイッチを残して、「失礼します」と坂井先生に言って席を立つ。

彼女の話を聞いてかなり動揺していて、すぐに玲人くんに会って真偽を確かめたかった。しかし、これから彼は健くんの手術がある。話をする時間なんてない。

今はとにかく手術が無事に成功することを祈ろう。私と玲人くんのことはその後考えればいい。

受付に戻り、手術のことを気にしながら仕事をしていたら、午後四時過ぎに事務長がやってきて声をかけられた。

「あっ木村さん、院長先生から内線があって、院長室に来てくれって」

「わかりました」と笑顔で返事をするも、内心では怖かった。

昔から玲人くんのお父さんには冷たい目で見られていた。坂井先生の話もあったし、この呼び出しに嫌な予感しかしない。

ここで働きだしてから、院長と会うことはなかった。事務員さんたちの話では会合で外に出ていることが多いらしい。

「優里ちゃん、大丈夫？ 院長から呼び出しなんて……」

真美さんが心配そうな顔をするので、とっさに嘘をついた。

「大丈夫です。昔、祖母が四条家で働いていたので、祖母の話じゃないかと。ちょっと席外します」

受付を出て六階にある院長室に向かうが、足取りは重かった。受付に戻れって心の声が言っているけれど、一介の事務員が院長の命令に逆らえるわけがない。

スーッと深呼吸すると、院長室のドアをノックした。

「はい」と聞き覚えのある低い男性の声がして、ドアを開ける。

「失礼します」

正面奥にある高級そうな執務デスクに玲人くんのお父さまである院長が座っているのを見て、心臓がバクバクした。

その表情はとても険しい。きっと玲人くんの話だ。

「君と玲人のことが噂になっている。君も知っていると思うが、玲人は将来この病院を継ぐ人間だ。悪い噂が立てば、病院の評判にも影響する。君だって少し考えればわかるだろう？」

予感が的中した。

「れ、玲人く……玲人さんと私は真剣にお付き合いをしています」

つっかえながらも勇気を持って言い返したら、フンと鼻で笑われた。

「真剣なわけがないだろ？ 玲人にとっては遊びだ。君は家事ができるから使用人としても使える。ただ息子にとって便利だっただけだ。勘違いするな」

院長の言葉があまりにもひどくて声が震える。

「れ、玲人さんはそんな人じゃありません」

「他人に息子のことを語られたくないね」

「でも……彼はそんな冷たい人じゃありません。とても優しい人です」

私がピンチの時にはいつだって助けてくれた。

「医者に優しさなんて必要ない。君もうちの病院には必要ない人間だ。玲人には縁談がある。今日中に息子の家から出ていけ。君が息子の家にいては困るんだよ」

院長の話を聞いて、目の前が真っ暗になる。

ああ、坂井先生の話は本当だった。私……どうすればいいの？

「君と息子が私に逆らうと言うなら、息子に病院は継がせない」

私を見据え、院長は冷酷に告げる。

「そんな……」

玲人くんはこの病院を継ぐために今まで頑張ってきた。

私が一緒にいたら、この病院を継げない。

縁談の話よりもそっちの方がショックだった。

「どうするべきかわかるだろ？」

私に意思を確認してくる院長が悪魔に見えた。

「……はい」

悔しかったけど、そう返事をするしかなかった。

「ああ、あと、君は今日付けでクビにする。この病院からも出ていってくれ。話は以上だ。下がってくれていい」

院長は話は終わりだとばかりに私にはもう目を向けず、デスクの上の書類を見始める。

せっかく玲人くんが紹介してくれたのに、今日でクビ……。

いろいろショックが大きくて、心はボロボロだ。

「……失礼します」

機械的にその言葉を口にして、院長室を出る。

しっかりしろ。玲人くんはまだ手術をしている。健くんだって頑張っている。

この程度のことでへこたれるな。つい最近まで誰にも頼らず生きてきたじゃない。

何度も何度も自分を元気づけるように叱咤する。だけど、泣きそうになって、近くのトイレに駆け込んだ。

「ううっ……」と嗚咽《おえつ》を漏らし、むせび泣く。それでもなんとか自分を奮い立たせようとした。

「……大丈夫。なんとかなる。だから、泣かないの」

トイレの鏡を見て、涙を拭いながら自分に言い聞かせる。

私はどうなってもいい。なにがあっても玲人くんだけは守らないと。

「うん。玲人くんを守らなきゃ」

その言葉は涙を止めるのに効果があった。

少し心を落ち着けてから受付に戻ると、真美さんが私の顔を見て驚いた顔をする。

「優里ちゃん、大丈夫？　顔、真っ青よ」

「大丈夫です。院長室がキンキンに冷えてて、寒くて震えちゃって」

ハハッと笑ってみせるが、顔が引きつった。

「本当に大丈夫なの？」

真美さんに心配されたけど、精一杯平気な振りをした。

「大丈夫です」

院長室で話した内容を彼女に言ってはいけない。きっと玲人くんに知らせるに決まっている。そしたら彼は院長に文句を言うかもしれない。彼が院長と揉めて、この病院を継げなくなるなんて嫌だ。

玲人くんに知られずに病院からも彼のマンションからも出ていかなくてはならない。

定時までなんとか平静を装って仕事をした。

更衣室で着替えていると、バッグに入れたスマホがブルブルと震える。

画面を見たら、玲人くんからのメッセージだった。

【健くんの手術無事に終わった】

そのメッセージを見て、涙がポロポロと溢れ落ちた。

普段彼はこんな時間にＬＩＮＥはしてこない。多分、私のことを気にして送ってきたのだろう。

「……よかった。本当によかった」

やっぱり玲人くんは最高の脳外科医だ。健くんを救ってくれた。

「ちょっ……優里ちゃん、急にどうしたの？」

突然泣き始める私を見て、横で着替えていた真美さんがギョッとする。

「健くんの手術が成功したんです。よかった……」

「さすが、玲人先生。優里ちゃん、よかったね」

私の背中を摩《さす》りながら、彼女が優しく微笑む。

「はい。これで健くんも受験に専念できます」

玲人くんも健くんも頑張った。もうここに心残りはない。ロッカーを綺麗にして出ていかなきゃ。

玲人くんの前から消える。それが私のすべきこと。

ごしごしと手で涙を拭うと、彼女に目を向けた。

「あの……これから玲人先生のところに行きたいので、真美さんは先に帰っててください」

玲人くんのところに行くというのは嘘。そう言えば、彼女がすんなり帰ってくれると思った。

「いろいろ話したいことあるもんね。了解」

ニコッと笑って手を振り、彼女は更衣室を後にする。

他の事務員もいなくなると、玲人くんに【よかった】と絵文字スタンプを送った。

「これが彼に送る最後のメッセージになるかも」

スマホの画面をしばし見つめると、バッグにしまう。

「さあて、片付けなきゃ」

ロッカーのネームプレートを取り、カーディガンや歯ブラシ、化粧ポーチなどの私物を、いつも持ち歩いているエコバッグに無造作に入れていく。

一カ月もいなかったのに、バッグはパンパンになった。

真美さん、私が急にいなくなったら怒るだろうな。

仕事も楽しくてとてもいい職場だったから、こんな形で去るのがつらい。

でも、玲人くんが病院を継ぐためだ。

「慶子さんにもらった扇子もあるし、なんだか大荷物になっちゃった」

苦笑いして更衣室を出て裏口に行こうとしたら、笠松先生に声をかけられた。

「やあ、優里ちゃん。やけに荷物多くない？」

彼の声を聞いて身体がビクッとする。

ここで声をかけられるなんてタイミングが悪い。

「慶子さ……先生にもらったものとかあって。真美さんならもう帰りましたよ。あの……急ぐのでお先に失礼します」

とっさに笑顔を作って、一気に捲《まく》し立てるように言うと、一礼して駆けだす。

「え？　優里ちゃん待って！」

笠松先生に呼び止められたけど、振り返らずにそのまま走った。

玲人くんのマンションに帰ると、まずキッチンに行き、炊飯予約をして、生姜焼きを作る。

朝玲人くんに約束したから、ここを出ていく前に絶対に用意しておきたかった。

彼にご飯を作るのも最後……か。

玉ねぎを切っているせいか、涙がとめどなく出てきて、手元がよく見えない。

「目……痛い」

途中ティッシュで涙を拭って、やっと生姜焼きを完成させた。

生姜焼きを作るのにこんなに泣いたのは初めてだ。

皿に盛り付けてラップをし、ダイニングテーブルに置く。味噌汁《みそ》も作り、メモを残そうと紙とペンを手に取った。でも、いい文面が浮かばない。

【さよなら】って書くのはなんだか辛気《しんき》くさいし、彼だって食欲をなくす。なんて書いたらいい？

少し悩んでペンを走らせた。

【温めて食べてください。今までありがとね】

もっと書きたいことがあったけど、全部書いていたら時間がなくなる。

玲人くんが帰ってくる前に出ていかなければならないのだ。

彼と鉢合わせしたら、あれこれ尋問されて、きっと全部バレてしまう。そしたら絶対に院長と喧嘩《けんか》になる。そんなのダメ。

キッチンを出ると寝室へ行き、自分のスーツケースを出して、クローゼットに入っている服を詰めていく。

服を綺麗に畳む時間も惜しくて、スーツケースの中に服を重ねていった。

もともと居候していた身だし、私のものはそんなにない。

十分ほどで荷物をまとめると、バスルームにある歯ブラシや化粧品をレジ袋に突っ込んで、私がいた痕跡を消していく。それから素早く掃除を済ませ、スーツケースを持って玄関へ。

彼がいつ帰ってくるかわからないというのもあったけど、ずっと高速で動いて息が上がっていた。ひと休みしたいところだが、玲人くんが帰ってくるかもしれない。早く出ていかなきゃ……。

靴を履いて玄関を出ると、ドアに手を触れ、礼を言う。

「今までありがとう」

ここでの毎日はとても幸せだった。玲人くんとの思い出だっていっぱいある。

彼に看病してもらったり、お粥を作ってもらったり、一緒にベランダで花火を見たり……。ここで過ごしたすべてが私にとって大切な宝物。

また涙が込み上げてきて、上を向いて必死にこらえた。

エレベーターで一階に下りると、コンシェルジュに鍵を預け、玲人くんに渡してくれるように頼んだ。

「さようなら」

小声で呟いてマンションを出る。駅までは徒歩で十五分。スーツケースを転がすと結構な距離だ。

マンションを振り返ることはしなかった。だって、振り返ってしまったら、泣き崩れてしまいそうだったから。

なにも考えないようにしながらまっすぐ駅に向かって歩く。途中で雨に降られたが、傘はささなかった。

早くマンションから離れないと……。

それしか頭になかった。

駅に着く頃にはずぶ濡れになり、髪の毛から水滴がポタポタと落ちてくる。でも、濡れネズミになろうが、今の私にはどうでもいい。

――ただただ後悔していたんだ。

こんなことになるなら、今朝もっと玲人くんの顔を見ておけばよかった。

もう彼の顔も見られないなんて……。

バチが当たったのかもしれない。分不相応な恋を実らせたから、こんなことになったんだ。

所詮《しょせん》私は大人になっても使用人の家族。玲人くんに相応しくない。

身分違いの恋がうまくいくのは、おとぎ話の世界だけ。現実は違う。

私と一緒にいたら、玲人くんは幸せになれない。だから、彼と結ばれてはいけないのだ。

私は……決して彼のお姫さまにはなれないの。

玲人くんにプロポーズされたのが、遠い昔のことのように思える。

馬鹿だよね、私。夢なんか見ちゃったから、玲人くんにも迷惑をかけてしまった。

私が院長に呼び出されたように、玲人くんだって呼び出しを受けて注意されたはず。

私の存在が玲人くんの未来をダメにする。

彼が好きだから、彼を愛しているから……私が身を引かなければいけない。

私が一番望むのは彼の幸せ――。

駅の切符売り場まで来たけれど、どこへ行っていいのかわからなかった。

もう私のアパートはない。実家もない。泊まりに行けるような友達もいない。

じゃあ、おばあちゃんのいる老人ホームは？

そう考えて、すぐに頭を振った。

行けるわけがない。おばあちゃんに心配をかけてしまう。

仕事もクビになったし、これからどうすればいいの？

途方に暮れて、ポツリと呟く。

「私……どこへ行けばいい？」

周囲の人は早足でどこかへ帰っていく。だけど、私はボーッと突っ立っているだけ。

ずっと立っているのも疲れてきて、いったん駅の外に出た。ベンチを見つけて座ると、スマホを出して預金残高を確認する。

玲人くんのお陰で前の会社の給料が振り込まれていて、両親の保険金の残りと合わせると三十万円ほどあるけれど、アパートを借りるには足りない。そもそも定職に就いていないから借りられないだろう。ホテルに泊まるなんて贅沢はできないし。

一生懸命生きてきたのに、どうしてこうなってしまうのか。

幸せはいつも私の手から逃げていく。

ああ……ダメ。今は悲観的なことしか考えられない。もうなにも考えるな。

何気なく空を見上げると、いつの間にか雨はやんでいて、真ん丸の月が浮かんでいた。

「月行きの切符があればいいのに……。でも、おばあちゃん置いて月なんか行けないよね」

自分の思考がおかしくてハハッと笑う。

ひとり笑っている私を周囲の人はじろじろと見て通り過ぎていく。でも、全然気にならなかった。

ひょっとしたら、私は長い夢を見ていたのかもしれない。

玲人くんの家に住んでいたことも、彼とダイニングテーブルで一緒に食事したことも、彼と愛し合ったことも、すべて夢。それか私の妄想。

悲しくて、悲しくて、心が張り裂けそうだ。

なにも言わずに彼のもとを去るのがつらい。お別れを言えたとしても余計につらかったと思うけど、最後にひと目だけでも彼の顔を見たかったな。

玲人くんの顔を思い浮かべていたら、不意に親子がそばを通りすぎた。

「今日はハンバーグにしよっかあ」

母親の言葉に男の子が元気よく返事をする。

「うん、お母さんの作るハンバーグ大好き」

親子の会話を聞いて、涙が込み上げてきた。別に特別なことはない、どこにでもありそうな会話だったけど、とても幸せそうだった。

昔、私もそんな会話を母とした気がする。でも、……もうできない。

帰る家があるって幸せなことなんだなあ。

——今、私はひとりぼっち。

とりあえず今日眠れる場所を探さなければいけないが、なんの気力も湧いてこなかった。

「……帰りたい」

自分の気持ちがそのまま声になる。

「玲人くんの家に……帰りたい……よ」

手にポタッと涙が溢れ落ちる。今日は泣いてばかりだ。

「玲人くん……会いたいよ」

泣きじゃくっていたら、誰かが私の前に立つ気配がした。

「馬鹿。だったらなんで家出する?」

え? この声は……。

「玲人……くん?」

顔を上げたら、目の前に髪を乱した玲人くんがいた。前屈みになって、胸に手を当て
て息を整えている。

恐らくここまで走ってきたのだろう。突然彼が現れてパニックになった。

「ダメ。来ないで!」

ベンチから立ち上がり、走って逃げようとするも、彼に呆気なく捕まった。

「優里!」

玲人くんが私の手を掴み、そのまま一気に抱き寄せて告げる。

「行くな。俺から離れるな」

命令というよりは、懇願するような声だった。

# この笑顔をずっと守っていこう　―　玲人side

「手術は無事に終わりました。腫瘍は全部取り除きましたし、術後の経過がよければ二週間前後で退院できるでしょう」

手術室を出ると、近くのソファに座っていた健くんのご両親に手術成功の報告をする。

「先生……ありがとうございます」

目に涙を浮かべながら礼を言うご両親を見て、こちらもホッと胸を撫で下ろした。

「あと十五分くらいで目が覚めると思います。そばにいてあげてください」

微笑みながら告げて医局に戻り、スクラブからシャツに着替えて白衣を着る。

腕時計をはめ、時間をチラッと見ると、午後六時過ぎだった。

優里は仕事終わったたか。きっと健くんの手術が心配でやきもきしているに違いない。

スマホを白衣のポケットから出して、優里にメッセージを送る。

【健くんの手術無事に終わった】

ちょうどスマホを見ていたのかすぐに既読がつき、彼女が【よかった】と絵文字スタンプを送ってきた。それを見てフッと微笑むと、スマホをポケットに突っ込む。

五時間ずっと手術室にいたせいか、無性に喉が渇く。

マシンのコーヒーを淹れ、一息ついていたら、例のごとく笠松が現れた。

「おっ、手術終わったんだ？」

いつもは飄々《ひょうひょう》とした顔をしているのに、今日は俺を見て安堵した顔をする。

「ああ。ついさっき無事に終わった」

「それはよかった。さっき裏口で優里ちゃんに会ったんだけど、いつもより大荷物でさ、慌てた様子で帰っていって気になったんだよ」

「優里が？　それで？」

今日は特になにか用事があるとは聞いていない。

先を促すと、笠松はソファに腰を下ろした。

「真美に電話してその話をしたら、気になること言っててさあ。……優里ちゃん、今日院長に呼び出されたらしい。なんかヤバくないか？」

そんなのヤバいに決まってる。

俺が優里を追い出さないから、親父は彼女を呼び出したのだろう。

「院長室に行ってくる」

それだけ言って医局を出ると、エレベーターに乗って六階の院長室へ。

ノックもせずに部屋に入れば、親父は椅子に座って誰かに電話をかけていた。

俺に気づいてすぐに電話を終わらせると、スマホをデスクの上に置き、手を組んだ。

「ノックぐらいしたらどうだ？」

「優里になにを言ったんです？　ここに呼んだでしょう？」

「ああ、あの卑《いや》しい娘か。お前をそそのかしてここの院長夫人になろうと企んでいる」

親父の言葉に、皮肉で返した。

「大した妄想ですね。優里はそんな女じゃありません。それで、彼女になんて言ったんですか？」

怒りを感じても、ブチ切れてはいけない。

「今日中にお前の家から出ていけと言ったよ。それに、今日でクビだともね」

ハハッと笑う親父が時代劇に出てくる悪代官に見えた。

「最低ですね」

冷ややかに言うと、親父はさらに俺を怒らせる発言をする。

「出ていかないなら、お前にこの病院を継がせないとも言った」

優里を脅すなんて本当に最低な親父だ。地位や名誉、それに金にしか興味がない。

俺に自分と同じ考えを押しつけてくるのも腹が立つ。

「別に継がなくたっていいです」

優里のことを好きだと自覚する前の俺は、ただ立派な医師になってこの病院を継ぐことしか頭になかった。感情に流されず完璧なオペをしていればそれでいいと……。

だが、今は違う。真摯《しんし》に患者に向き合うことも大事だと思うようになった。

患者の死を乗り越えるために泣いたっていい。それを俺に教えてくれたのは優里だ。

だから、地位とか名誉とか知ったこっちゃない。優里さえいれば、それでいいんだ。

「は？」

俺の発言が意外だったのか、親父が呆気に取られた顔をする。

「だから、別に継がなくても構わないと言ったんです」

俺にとって大事なのはひとりでも多くの患者を救うこと。

「お、お前は、なにを言っているんだ！」

「優里と離れるつもりはないですよ。坂井先生との縁談も断ってください。でなければ、俺はこの病院を出ていきます」

「れ、玲人！」

親父が慌てた様子で椅子から立ち上がり、こちらにやってくる。

「医者なんてここでなくてもできる。あなたが優里を受け入れないなら、この病院を辞めます」

それは脅しではない。本気だった。

頭が固い親父は俺がなにを言っても理解しないだろう。話をするだけ時間の無駄だ。もう頭を切り替えて、次に進むしかない。

「考え直せ。お前はあの女にたぶらかされているんだ」

親父が俺の両肩に手を置いたその時、ドアが開いて前院長だった祖父が現れた。

「考え直すのはお前の方だ、貴文《たかふみ》」

「お父さん……、どうしてここに？」

目を大きく見開いて驚いている親父に、祖父はどこか飄々とした様子で言う。

「慶子に呼ばれてきたんだ。『父さんが玲人の結婚のことで暴走してるから、止めてください』って頼まれてね。途中からだったが話は聞かせてもらった。部屋から声が漏れていたからね」

ニコニコ笑っているが、祖父の眼光はとて鋭い。

「貴文、お前は地位や金に固執しすぎて、本質を見失っている。強引に縁談を進めてもうまくいくわけがない。玲人が選んだのが優里ちゃんなら、お前も受け入れるべきだ」

静かな声だったが、祖父の怒りが伝わってくる。

「ですが、父さん……」

親父が反論しようとすると、祖父が諭すように告げる。

「私もだが、お前以外の家族は皆彼女を気に入っている。働き者で気立てのいい優しい娘だ。お前が認めないなら、玲人は本当にこの病院を出ていくぞ。国内だけでなく、アメリカやドイツの病院からもオファーが来ているのだろう？」

祖父がチラリと俺に目を向けたので、コクッと頷いた。

「ええ」

オファーはいくつも来ていて今のところは断っているが、その気になればいつでも受けることはできる。

「玲人、お前の好きにすればいい。お前が優里ちゃんを選んで嬉しいよ」

祖父の言葉を聞いて、笑顔で返す。

「ありがとうございます。俺はこれで失礼します」

軽く一礼して院長室を後にすると、スマホを出して優里に電話をかけた。だが、何コール鳴っても彼女は出ない。

「なにをやっている？」

焦らずにはいられない。

単に電話に気づいていないのか。それとも、出たくないのか。

【このメッセージ見たら電話して】

素早くＬＩＮＥを打ってスマホをポケットに突っ込むと、医局に戻って当直の医師と引き継ぎをし、走ってマンションに帰る。雨がポツポツと降り始めていたけど、医局に置き傘を取りに戻っている余裕はなかった。

コンシェルジュから優里に渡してあった鍵を受け取り、彼女が出ていったことを知る。しかし、自分の目で確かめるまでは、信じられなかった。

「優里！」

部屋のドアを開けると、やはり玄関に彼女の靴はなかった。シーンとしている家。

彼女がうちに住む前まではそれが当たり前だったのに、今は寂しく思う。

いつだって俺が帰ると、彼女が笑顔で迎えてくれた。

それがもう俺の日常になっていたんだと、今やっと気づく。

親父に言われて出ていった？　本当に？

玄関を上がってリビングやキッチンを見ていくと、ダイニングテーブルの上にラップされた生姜焼きとメモが置かれていた。

【温めて食べてください。今までありがとね】

メモを手に取り、ギュッと握りしめる。

「あの馬鹿……」

どこに行った？　あいつが行く場所なんてないはず。

スマホを出してＧＰＳで彼女がどこにいるか調べると、最寄り駅にいると表示されていた。

「俺の許可なく出ていって……。ホント、世話が焼ける」

すぐに家を出て、タクシーを拾い、駅に向かう。

勝手に行くなよ。全部ひとりで背負い込んで……なんのために俺がいる？

ギュッと唇を噛み、窓の外を見据えた。

激しい雨が窓ガラスに降りかかり、視界が歪んでいる。

……そういえば、優里が雨が降るとか朝言ってたっけ。

そんなどうでもいいことをこの非常時に思い出す。

こうしている間にも彼女は電車に乗って、どこか遠くへ行ってしまうかもしれない。

焦りを感じずにはいられなかった。いつも数分で着くのに、今日は倍の時間がかかっているように感じる。

駅に着く頃には雨はやみ、支払いを済ませて、タクシーを降りた。

どこにいる?

まっすぐ駅の中に入るが、切符売り場や改札付近には優里の姿は見当たらない。

必死に駅の周囲を探すと、彼女は駅の外にあるベンチに座っていた。

雨で濡れたようで髪はびしょびしょだったが、彼女の姿を見てとりあえずホッと胸を撫で下ろす。

「玲人くんの家に……帰りたい……よ」

まるで小さい子供のように呟く彼女の目から、大粒の涙が溢れ落ちる。

それを見て、ギュッと胸が痛くなった。

健くんと約束したのに、泣かせてしまった。

「玲人くん……会いたいよ」

しゃくり上げて泣く彼女に近づき、声をかける。

「馬鹿。だったらなんで家出する?」

息を整えながら問うと、彼女が顔を上げて俺を見た。

「玲人……くん?」

やっと見つけたと思ったら、優里は俺を見るやいなやひどく動揺した様子で逃げようとする。

「ダメ。来ないで！」

悲痛な声で叫ぶ優里を追いかけて、この手で捕まえた。

「優里！」

しっかりと優里をこの腕で抱きしめて、命じる。

「行くな。俺から離れるな」

それは俺の我儘。

優里がいなくなってわかった。彼女がいなければ、俺の人生は単調で無味乾燥なものになる。生きてる感じもしなくなるだろう。

彼女といる喜びを知ってしまった今、俺はもう過去の人間味のない冷淡な自分に戻りたくない。

これからは楽しさも、苦しみも、喜びも、悲しみも……彼女と共に味わっていきたいんだ。

——だから、優里だけは絶対に離さない。

「出ていくなんて許さない。ずっと俺と一緒にいろ」

優里を強くかき抱いて、彼女の心に刻むように言い聞かせる。

三十二年生きてきて、ここまで感情的になったのは初めてだった。

「玲人……くん」

優里が俺のシャツをギュッと掴んでくる。

「でも……院長が……」

親父のことを気にしている彼女に、安心させるように言う。

「大丈夫。親父とは話をした。もう文句なんて言わせない。だから、お前はいつものように笑って俺のそばにいればいいんだ」

俺の言葉を聞いて、彼女が「ううっ……」とすすり泣く。

感情が昂っていてなにも言えずにいる優里の背中を優しく撫でて続けた。

「それに、お前の帰る場所は俺の家しかない」

「……うん」と目を擦りながら返事をすると、彼女は顔を上げて俺を見た。

「私ね……駅に来て切符買おうとしたの。でも……どこにも行く場所なんてなかった」

きっとその時、すごく途方に暮れただろう。

「なくてよかったって思う」

俺の正直な気持ちが口から漏れた。

勝手にどこかへ行かれたら困る。優里には悪いが、彼女の居場所が俺のマンションしかないことに安堵した。

「……どうして私がここにいるってわかったの？」

少し落ち着いてきたのか顔を上げて聞いてくる彼女に、俺が着ていたジャケットをかける。

「スマホのＧＰＳでわかった」

俺も身体の力を抜きながらいつもの調子で淡々と答えると、彼女が苦笑いした。

「ＧＰＳのこと忘れてた。……どこに逃げても玲人くんにはわかっちゃうね」

彼女が『逃げても』というワードを口にしたものだから、思わずスーッと目を細めて聞き返した。

「また逃げる気か？」

「に、逃げません。逃げません」

俺の目が怖かったのか、優里が慌てて否定する。

「親父が言ったことは気にしなくていい。俺が優里を選んだんだ。優里ももっと自信を持つように」

常々優里を見ていて感じていたことを伝えると、彼女は戸惑いを見せた。

「でも……私は使用人の家族で、玲人くんは雇い主の家族なんだよ。やっぱり気にするよ」

この古い考え方を改めさせないと、また今後似たようなことが起きるかもしれない。

「俺は一度だってそういう目で見たことない。優里は優里だよ」

「私は私……？」

ハッとして目を見張ったかと思えば、彼女がどこか嬉しそうにクスッと笑う。

「そっか。私、玲人くんのそばにいていいんだ」

やっぱり彼女には笑顔がよく似合う。

「そういうこと。一生をかけて幸せにするから、俺の妻としてそばにいてくれ」

優里の目を見据えてそう告げると、身を屈めて彼女にゆっくりと口づけた。

もう絶対に逃さない。彼女は俺にとって唯一無二の存在。代わりなんていない。

キスを終わらせると、優里の顔が真っ赤になっていた。

初めてじゃないのになにをそんなに赤くなっているのかと思えば、彼女が声を潜めて「玲人くん、周りに人がいる」と恥ずかしそうに言う。

「暗いし、俺たちの顔まではわからないよ」

正直、優里に指摘されるまで気づかなかった。

「でも……」と優里がまだ気にするが、その時彼女のお腹がギュルルと鳴った。

「あっ、お腹鳴っちゃった」

気まずそうな顔をする彼女を見て、クスッと笑う。

「すごい音だな」

「ああ。もう言わないで。恥ずかしい」

優里が両手で顔を覆うが、その手を掴んで優しく微笑んだ。

「お前濡れネズミになってるし、早く帰ろう。俺も腹減った。帰って優里の生姜焼き食べたい」

「うん」

はにかみながら返事をする彼女の顔に、笑みが広がる。

この笑顔をずっと守っていこう――と、心の中でそっと誓った。

優里といつものように夕食を食べ終わると、後片付けを手伝いながら、食洗機に皿を突っ込んでいる彼女に告げた。

「優里、今度の日曜、華江さんのところに行こう」

「きっと喜ぶよ。おばあちゃん、玲人くん好きだし」

笑顔で彼女が返すが、この顔、俺がただ単に華江さんの顔を見に行くものと思っているようだ。前にも言ったのにな。

「華江さんに優里と婚約したって挨拶に行く」

優里を背後から抱きしめて言えば、彼女が「こ、婚約」と呟いてフリーズした。

俺が支えてなかったら、そのまま床に倒れていたかもしれない。

「なんで固まる？　まさかと思うが、婚約してるの忘れたのか？」

優里の身体を掴んで向き合うと、彼女があたふたしながら言い訳する。

「だ、だって婚約って……いいところのお嬢様がするイメージだし、思いが通じ合ったのも最近の話で、実感がなくて……」

「実感がない……ねえ」

好きとも伝えたし、プロポーズもしたけど、つい最近まで幼馴染だったから、まだ頭の切り替えができていないのだろう。

気まずいのか俺から目を逸らしがちな彼女をジーッと見据えると、その顎をクイと掴んで口づけた。

「……ん⁉」

彼女が目をカッと見開いて、俺を見つめる。

その瞳に映っているのは俺。

「だから、優里しか嫁にしないよ」

彼女がわかるまで何度だって言う。

甘く微笑むと、もう一度彼女の唇を奪った。すぐに終わらせるつもりが、彼女が俺の首に手を絡ませてきて……。

ブチッと理性の箍《たが》が外れて、彼女の唇を貪《むさぼ》る。こうなるともう自分を止められない。

「優里が欲しい」

掠れた声で告げると、彼女を抱き上げて寝室のベッドに運び、そのまま愛し合った――。

「じゃあ、今日もしっかり仕事しろよ」

次の日の朝、いつものように病院に出勤し、受付の前で優里の頭をクシュッとする。

「うん。今日お弁当作れなくてごめんね」

昨晩は遅くまで愛し合っていて、今日彼女は寝坊した。まあ、俺はちゃんと起きていたが、彼女をギリギリまで寝かせてやりたくてあえて起こさなかったのだ。

「別に優里の仕事じゃない。適当に食うから気にするな」

彼女と受付の前で別れてエレベーターホールに向かうと、坂井にばったり会った。

「玲人先生、おはようございます」

その声がなんだか刺々《とげとげ》しく感じられたが、気にせずに挨拶を返す。

「おはよう」

「昨日、院長からお話聞きました。私との縁談を断ってあの子を選ぶなんて、玲人先生は本当に馬鹿ですね。もっと頭のいい方だと思ってました。私と結婚すれば、この病院はもっと大きくなったのに」

ひどい言われようだが、彼女に言われてもなんの怒りも感じない。

「馬鹿で結構。君とも、他の女とも結婚する気はない。俺が愛しているのは彼女だけだ」

冷たく拒絶の言葉を口にすれば、彼女がわなわなと震えだした。

「な、なによ。あんな子にデレデレの玲人先生なんか、こっちから願い下げだわ！」

坂井は啖呵《たんか》を切って、ちょうど来たエレベーターに乗って去っていく。

フッと笑ってその姿を見送ると、近くの柱に隠れている人物に目を向けた。

「で、なに立ち聞きしてる？」

「あっ、バレてた？」

気まずそうに顔を出す優里を見つめ、ニヤリとする。

「バレバレ。背後からレーザービームみたいな強い視線を感じたからな」

「ご、ごめん。でも、坂井先生と玲人くんの声が聞こえたから、なんだか心配で……」

「なにも心配することなかっただろ？」

優里の左手を掴んで尋ねれば、彼女が少しはにかみながら「うん」と返事をする。

「少しは俺を信用しろよ」

優里の左手の薬指にチュッと口づけると、彼女と別れてエレベーターに乗り込む。

別れ際の優里の顔がほんのりピンクになっていたのを思い出して、クスッと笑みを浮かべた。

エレベーターを降りてそのまま医局へ向かうと、親父がいて……。

「玲人」

どこか重々しい表情で俺に声をかけてくる。

たまたま通りかかったわけではなく、俺をずっと待っていたのだろう。

「なにか？」

他人行儀に返せば、親父がどこか落ち着かない様子で謝ってくる。

「……悪かった」

短い言葉だったが、厳格な親父が俺に頭を下げるのは初めてだった。

昨日、親父が祖父にかなりお灸《きゅう》を据えられたと姉からメッセージが来ていたけど、まさか俺に謝罪するとは……。

少しは反省しているようだが、これで終わりにはできない。

「優里にもちゃんと謝罪してください」

俺の要求を伝えると、親父は渋面を作って頷く。

「……わかってる」

まだ不服そうだな。まあ、すぐにはこの人は変わらないだろう。

「見ててください。俺が立派な医者になっていずれ認めさせてみせますから」

親父を見据えてそう約束する俺の目には、優里と歩む未来が映っていた──。

# 私との結婚は彼にとって最大の番狂わせ

「え？　ここって……」

私が家出をした週の週末。朝食を食べた後、『華江さんのところに行く前に、ちょっと立ち寄りたい場所があるんだ』と玲人くんに車で連れてこられたのは、銀座《ぎんざ》にあるフランスの高級ブランドショップだった。

九月に入ってうだるような暑さも日に日に遠のき、少しずつ過ごしやすくなってきた。

私は仕事を辞めずに済み、平穏な日々が戻ってきた。そう、嵐は去ったのだ。

玲人くんの家族とも昨日食事をして、彼の父親である院長から『ひどいことを言って申し訳なかった』と謝罪された。

プライドが高そうな院長からの突然の謝罪にただただ驚いた。玲人くんの話では、あの優しそうなおじいさまに厳しく叱責されたとか。まだ院長と打ち解けて話すことはできないけれど、時間をかけていい関係を築いていけたらと思う。

玲人くんと共にブランドショップの前まで来ると、ドアマンがドアを開けてくれた。

思わずペコペコしながら入店したけど、入口からして高級感が漂っていて気後れしてしまう。

玲人くん、シャツでも買うのかな？

私には無縁の場所だが、玲人くんにとっては普通の店とそんな大差ないのだろう。なんといったって彼は大病院の息子。普段贅沢で派手な暮らしはしていないが、お金は持っている。

店員はみんな身なりもキチッとしていて洗練されている感じがするせいか、私には上品すぎてなんだか落ち着かない。

「ねえ玲人くん、私近くのカフェでコーヒーでも飲んで待ってるよ」

玲人くんに目を向けて言ったら、彼が微かに顔をしかめた。

「いや、優里にいなくなられると困る」

「でも、私センスないからいても意味ないよ」

玲人くんの方が絶対センスいいのに。

「好きなの選べばいい」

玲人くんの言葉に首を傾げた。

「好きなの選べばって……玲人くんのシャツとか買うんじゃないの？」

「違う」

玲人くんとそんなやり取りをしていたら、黒いスーツを着た女性店員が私たちに近づいてきた。

「四条さま、お待ちしておりました。ご案内いたします」

恭しく頭を下げる店員と共にエレベーターに乗ると、三階に案内された。

「ここ……ブライダルフロア?」

ガラスのショーケースに、素敵なデザインの指輪がたくさん陳列されていた。

値段を見なくても高いのがわかる。私にはキラキラ眩《まぶ》しい。

「そう。優里の指輪を選ぼうと思って」

玲人くんが私の左手をそっと握ってきた。

「え?　私の?」

頭がついていかない。

「他の人の指輪選んだって意味ないだろ?　姉貴がこの店ならいいって勧めてくれたんだ」

玲人くんと一緒に個室に案内され、彼と並んで椅子に座る。

テーブルにはパソコンとカタログと鏡が置かれていた。

「好きなデザインはありますか？」

店員に聞かれたが、今まで指輪をしたことがないので全然わからない。

「好きなデザイン……」と呟いて固まる私を見て、玲人くんがスマートに店員に伝える。

「とりあえず、すべて見せていただけますか？」

「はい」と店員がにこやかに応じ、私たちにメニューを見せた。

「お飲み物はいかがですか？」

え？　宝石を見るのに飲み物を頼むの？　ここってそういうシステム？

カルチャーショックを受けていると、玲人くんが平然とした様子で頼んだ。

「ホットコーヒーをお願いします」

「あっ、私も同じものをお願いします」

メニューを見ても全然頭に入ってこなくて、彼と同じものにした。

店員が部屋を出ていくと、玲人くんに小声で尋ねる。

「ねえ、ひょっとして予約したの？　他にお客さんいないように見えるんだけど」

店員も『四条さま、お待ちしておりました』って言ってたし。

「ああ。じっくり選びたいから」

「でも、ここ高そうだよ。私、そんなお金ないよ」

「金の心配はいらない。というか、余計なことはなにも考えるな。好きな物を選べばいい」

「そんなこと言われても……」

困惑する私を見て、彼が意外そうな顔をする。

「普通女の人って指輪とか喜ぶんじゃないのか？」

「嬉しいの前にビックリしてる」

正直に自分の心境を伝えると、彼がクスッと笑った。

「優里らしい。まあ指輪を見れば、少しは欲しいのがわかるんじゃないか？」

「そうかな？」

店員が戻ってきて、テーブルの上に指輪が並べられた。

「では、ひとつずつ試着していきましょうか？」

店員の言葉に「はい」と頷き、指輪を試着していく。

「こちらは定番の立て爪タイプになります」

リングの中央にあるひと粒ダイヤが煌《きら》めいている。

本当、ザ婚約指輪って感じだ。

指輪をした指を見て、「おお」と思わず声を出す。

なんだか夢を見ているみたい。頭がふわふわしてきた。

「アーム部分にメレダイヤを留めたのも人気ですよ」

店員が慣れた様子で指輪を替える。

こちらはアームの部分にメレダイヤがずらっと並んでいて豪華だ。

「女王さまとか王族がつけそうだね」

私がはめるには豪華すぎるかも。指輪にひれ伏してしまいそうだ。

「確かにゴテゴテしてて優里の指って感じしないな」

玲人くんも私の手を掴んで指輪をまじまじと見ると、似たような感想を口にした。

「それではこちらはいかがでしょう？　メインダイヤの周りにメレダイヤをあしらった脇石タイプになります」

今度の指輪は華やかでかわいい。

「わあ、素敵ですね～」

指輪と無縁の生活を送っていた私もさすがにテンションが上がる。

でも、婚約指輪っていつするんだろう？　これ、仕事中はできないよね？

パーティーに毎日行く生活じゃないし、玲人くんはお医者さんだから一緒に外食に行く機会も少ない。

私としては毎日つけていたい。玲人くんに守られている感じがすると思うんだよね。

「あの……普段使用できるものってありますか？」

思い切って自分の希望を伝えると、店員が笑顔で返した。

「はい、ちょっとお待ちください」

店員がいったん下がり、その間にコーヒーが運ばれてきた。

「急に積極的になってきたな」

コーヒーを口にしながら彼がフッと笑うので、私も指輪を見ながら頬を緩めた。

「やっぱり私も女ってことかな？　指輪見たら嬉しくなってきた」

「いいんじゃないか？　お前、ずっと女の子らしいこと全部諦めてきたんだから」

そうだ。両親が亡くなって私にはおばあちゃんしかいなかったから、洋服とかアクセサリーが欲しくてもずっと我慢していた。興味ないって自分に言い聞かせて……。

「玲人くん……」

ずっと素っ気なくされてきたけど、私のことちゃんと見ててくれたんだなあ。

目を潤ませる私を見て、彼がポンと頭を叩いてきた。

「ほら、ここで泣くなよ」

「うん。わかってる」

彼にクスッと笑って返事をしたら、店員が戻ってきた。

「こちらは埋め込みタイプになります。洋服に引っかからないので、普段使用にオススメできますよ」

ブリリアントカットのダイヤがひとつと、周りの滑らかな曲線にも小さなダイヤが埋め込まれている。キラキラしているけど、ゴテゴテしていない。

指にはめてもらった指輪をじっと見つめた。

「素敵……」

自然とそんな言葉が口から出て、玲人くんも優しく微笑んだ。

「それいいんじゃないか？」

「うん。なんかずっとつけていたい」

一番しっくりくる。

フフッと笑みを浮かべると、玲人くんが確認してきた。

「それに決めるか？」

「いいの？」

玲人くんに聞き返したら、彼がやれやれといった顔で苦笑した。

「だから、優里の指輪買いに来たんだけど。すみません。この指輪いただきます」

玲人くんが店員にそう告げて、二十分後にその指輪は私の左手にはめられていた。

「すごい。私の手がキラキラしてる」

店を出て車に戻っても、夢見心地で指輪を眺めてニマニマする私。

「嬉しそうだな。俺の婚約者だってようやく実感した？」

「うん。……あっ、ごめん」

彼の言葉を聞いて悟った。私が数日前に婚約者としての実感がないって言ったから、婚約指輪を買ってくれたんだ。

「あのね、現金なやつって思われるかもしれないけど、指輪してると玲人くんに守られてる気がする」

自分の気持ちを正直に伝えると、彼が少しホッとした顔をする。

「それはよかった。次は華江さんのところに行こう。その指輪見せてあげるといい」

「うん。玲人くん、ありがとう」

指輪をして喜ぶ私を甘い目で見つめている玲人くんに、破顔して礼を言う。

一年前だったら、彼に婚約指輪をもらうなんて想像もつかなかったな。

「お礼はいいから、早くシートベルトを締めてくれないか？」

玲人くんに注意されたが、その声は優しい。

「は、はい。今、締めます!」

私があたふたしながらシートベルトを締めると、玲人くんが車を発進させた。

祖母の老人ホームは目黒《めぐろ》にあって、三十分くらいで着いた。

三階建ての窓の大きな白い建物。

駐車場で車を停め、受付を済ませて入館証をもらうと、思わぬ言葉をスタッフにかけられた。

「華江さんのお部屋、三階に変わっていますよ」

「え? そうなんですか? 工事かなにかで?」

驚いて理由を尋ねたけれど、スタッフは言葉を濁す。

「すみません。理由は私の方ではちょっと……」

スタッフ全員が事情を知ってるわけないか。

「そうですか」と返して、エレベーターに乗って祖母がいる部屋に向かう。

インターフォンを押すと、祖母がドアを開けてくれた。

「まあ、玲人さん、よく来てくださいました。どうぞ上がってください。優里もありがとう」

祖母の手には杖。玄関の横にはシルバーカーが置いてある。館内を歩く時は、シルバーカーを使用しているのだ。

もう七十五歳だけれど、ずっと四条家で働いてたせいか、背筋はピンとしている。

「元気そうでよかったです」

玲人くんが穏やかに微笑むと、祖母もとても嬉しそうに頬を緩めた。

「玲人さんもますますハンサムになりましたね」

おばあちゃん、とっても嬉しそう。

今日行くことは伝えてあったけど、玲人くんと付き合っていることはまだ報告していない。きっと知ったら驚くだろうな。

玲人くんが祖母を気遣いながら部屋に上がり、私もその後に続くが、新しい部屋を見て驚いた。

以前はこの老人ホームで一番狭い1Kの部屋だったけど、今の部屋は1LDK。広々としたリビングには豪華なソファセットまであって目を丸くした。

新しいし、備え付けの家具ではない気がする。しかも、見晴らしがとてもいい。毎日清掃が入っているのか、室内も綺麗だ。

確か三階ってレストランや他の施設もあって、値段が高いはず。

どうしてこの部屋になったのか考えていたら、玲人くんの声が耳に入ってきた。

「この部屋はどうですか？」

「エレベーターに乗らなくても食事に行けるから便利になったわ」

祖母がにこやかに答えると、玲人くんが「それはよかった」と満足そうな顔で相槌を打つ。その顔を見て、ハッと気づいた。

「この部屋にしたの玲人くん？」

私が声を潜めて聞くけど、彼はとぼける。

「さあ？　なんの話？」

この謎めいた微笑。絶対に玲人くんの仕業だ。

本当に違うならそんな曖昧な言い方しない。はっきり違うと彼は言うはず。

ジーッと玲人くんを見ていたら、紙袋を手渡された。

「優里、そんなことよりこれ」

「あっ、はい。おばあちゃん、玲人くんが芋羊羹《いもようかん》買ってきてくれたよ。お茶淹れるね」

おばあちゃんは芋羊羹が大好きで、玲人くんはそのことを覚えていて、私にも内緒で用意してくれたのだ。

早速羊羹を切り、お茶を淹れる。

ソファに向かい合って座って雑談しているふたりに羊羹とお茶を出すと、私も玲人くんの横に腰を下ろした。

「そういえば、優里が玲人くんのところでお世話になってるそうで。迷惑をかけてごめんなさいね。優里、なるべく早く新しいアパート見つけないとダメよ」

祖母にはアパートの部屋が水漏れして、玲人くんのところに居候させてもらっていると伝えている。嘘をついているのは少し心が痛むけれども、本当のことを言って祖母を心配させたくなかったのだ。

祖母に叱られ、なんと答えようかと考えていたら、横にいた玲人くんが口元に笑みを浮かべて祖母に告げる。

「華江さん、迷惑だなんて思ってませんよ。それに、優里がよそに行くことはありません。ずっと僕と一緒にいます。優里と婚約したんです」

玲人くんは私の左手を掴んで祖母に婚約指輪を見せた。

ああ。祖母に報告することも考えて、今日指輪を買ってくれたんだ。

彼の優しさに胸がジーンとしてきた。

私だけでなく、彼は祖母も大事にしてくれる。私ってとっても幸せ者だ。

「まあ、まあ……本当に？　なんだか夢を見てるみたいよ」

祖母が興奮した様子で喜ぶのを見て、クスッと笑った。

「私もまだ夢みたいって思う」

「玲人さんが優里の旦那さまになってくれるなら、私がいついなくなっても安心だわ」

祖母がついはしゃいでそんな言葉を口にすると、玲人くんが真面目な顔でやんわりと言う。

「華江さん、そんなこと言わないでください。優里が悲しみますよ」

「ごめんなさい。あまりに嬉しくって。玲人さん、この子のことよろしくお願いします」

目に涙を浮かべながら頭を下げる祖母に、彼は優しい眼差しを向ける。

「頭を上げてください。一生大切にします。優里に会わせてくださったこと、とても感謝しています」

玲人くんが私の手を強く握ってくる。彼の決意が伝わってきた。

そうだ。祖母が私を引き取ってくれなかったら、彼と出会うことはなかっただろう。

人との出会いって……運命的なものを感じる。

その後、館内のレストランで三人で食事をすると、マンションに帰る前に四条総合病院に立ち寄った。

駐車場に車を置いて、玲人くんと一緒に向かったのは、健くんの病室。

コンコンとドアをノックをしてすぐに、「はい」と健くんの声がした。

その声はしっかりしていて元気そう。

ドアを開けて中に入ると、健くんがベッドの上で参考書を読んでいた。

「健くん、こんにちは」

私が声をかけたら、彼が参考書から顔を上げ、こちらを見て破顔した。

「あっ、優里ちゃんに玲人先生！」

術後の経過はよくて、退院後は過度な運動をしなければ学校にも通えるらしい。

髪も剃《そ》らずに済んだので手術跡も見えないし、本人もホッとしていると思う。

「こんにちは、健くん。ちゃんと寝てる？　夜は勉強禁止だよ」

玲人くんが担当医らしく注意すると、健くんは苦笑いした。

「わかってるよ、先生。今日はお休みじゃなかった？」

「優里がどうしても健くんに渡したいって」

玲人くんがちらりと私に目を向けると、健くんも私を見た。

「僕に？」

「はい、これ。受験の助けになるかと思ってノート作ったの。算数は玲人先生も協力してくれたよ」

昨日出来上がったノートを渡すと、健くんが「ありがとう」と礼を言って、ペラペラとノートを捲る。

「すっごく嬉しい。わあ、要点とか注意点が書いてある。しかも、僕が苦手なポイントわかってる」

「受験頑張ってね。今度はちゃんと学業守りプレゼントするね」

笑顔でそう言ったら、彼がベッドサイドに置いてあったお守りを印籠《いんろう》のように私に見せた。

「いいよ。僕、この安産守り結構気に入ってるんだ。手術も成功したしね」

健くんは寛大な心でフォローしてくれるが、こうして安産守りを見せつけられると、自分のミスに呆れずにはいられなかった。

「ああ〜、ホントごめんなさい」

やっぱり安産守りはないよ。しかも男の子にあげるなんて。

手を合わせて謝る私を見て、横にいる玲人くんが「優里は昔からそそっかしいところがあったから」と余計な補足説明をしてクスッと笑う。

「だから、気に入ってるんだって。気にしないでよ。あっ、優里ちゃんいいものしてるね」

健くんが目敏く私の左手の指輪に気づいて、ニヤリとした。

「はい。今日買っていただきました」

なんだか芸能人の婚約会見みたい。

はにかみながら答えて、玲人くんに目を向けると、ちょうど目が合ってドキッとした。

甘い目で見つめられて、顔がカーッと熱くなる。

そんな私と玲人くんを見て、健くんが楽しそうに目を光らせた。

「誰に？なんて野暮な質問はしないであげるね。婚約したんだ？　おめでとう。玲人先生、約束忘れないでね」

「ああ。わかってる」

健くんと玲人くんの話についていけなくて「約束ってなに？」と聞いたら、ふたりが悪戯っぽく笑って、声を揃えて言う。

「「それは内緒だよ」」

「優里ちゃん、綺麗。玲人も惚れ直すわ」

ウエディングドレスを着た私を見て、慶子さんが感動した様子で微笑む。

今日は十二月二十五日。クリスマスでもあり、私と玲人くんの結婚式の日でもある。

今いるのは病院の近くにある教会で、慶子さんと真美さんにウエディングドレスの着替えを手伝ってもらっていた。

定時で仕事を終わらせるとすぐにこの教会に来た。

式は午後七時から。出席者のほとんどが病院関係者ということもあって、この日程になった。

私と玲人くんの式に出席してまた仕事に戻るという先生もいるし、患者さんが急変しても教会から病院まで徒歩三分と近いので、すぐに駆けつけられる。

「そんな。ドレスが綺麗なんですよ」

慶子さんの言葉を聞いて、ブンブンと左右に首を振りながら否定した。

私が着ているのは、胸元がハートカットになっていて、クラシカルなデザインが際立つプリンセスラインのドレス。上品だし、エレガントな雰囲気でとっても気に入っている。

鏡の中の自分がなんだかお姫さまに見えてきた。ウエディングドレスには、女の子を可憐《かれん》に変身させる魔法がかけられているのかもしれない。

ドレスは真美さんに都内の有名ブライダルサロンに付き添ってもらい、二十着近く試着した。玲人くんは仕事で来られなかったので、その中から私が四着選んで写真を撮り、最終的に彼に選んでもらった。

婚約指輪を買ったのは九月初旬。それから半年も経っていないのに式を挙げるなんて予想だにしなかった。

短期間でいろいろ準備して大変だったけど、今とっても幸せで、式が始まる前からどこか夢見心地な気分だ。

「ううん、優里ちゃんが綺麗なの。私もこんな花嫁さんになりたいわ」

羨ましそうに私を見つめる真美さんの左手には、婚約指輪が光っている。昨日のイブに笠松先生からプロポーズされて渡されたらしい。

ふたりの交際が順調で私も嬉しく思っている。

「真美さんだって、近いうちに花嫁になりますよ。その婚約指輪、素敵ですね」

にっこり笑いながら真美さんの指輪に目を向けたら、彼女がほんのり頬を赤くした。

「うん。ありがとう」

「ふたりとも初々《ういうい》しくていいわねえ」

慶子さんが私と真美さんを見てしみじみと言うので、彼女につっこんだ。

「慶子さんだってまだ新婚じゃないですか」

「なんだか遠い昔に結婚したように思うわ」

どこか遠くを見つめる慶子さんに、今度は真美さんが笑って返す。

「なに言ってるんですか。小児科の猪瀬先生とラブラブじゃないですか。この前も手を繋いでいるところ見かけましたよ」

「あっ、私も見かけた」

真美さんと目を合わせてそう言ったら、慶子さんが珍しく照れた。

「もう、ふたりとも恥ずかしいからやめて」

照れてる慶子さんがかわいい。

今日は朝から緊張していたのだけれど、ふたりのお陰で少しリラックスできた。

これから玲人くんと式を挙げる。

私のウエディングドレス姿を見て、喜んでくれるといいな。

今日だけは、世界一綺麗な花嫁でありたい——。

仕上げに髪をアップにすると、コンコンとノックの音がした。

「優里、準備できた？」

玲人くんの声がして、「はい、できています」と返事をすると、彼が入ってきた。

「あっ、私たちは先に礼拝堂に行くわね」

慶子さんは私に声をかけ、真美さんを連れて控え室を出ていく。

部屋にふたりきりになり、ドキッとした。

今朝ふたりで朝一番に役所に婚姻届を提出し、私たちは夫婦になったけれど、あまりに目の前にいる彼が素敵で心臓がおかしくなりそう。

ダークグレーのタキシードを着た彼は、また一段とカッコよかった。

いつもと違って額を出していて、大人の色気がすごい。セクシーさ全開だ。

こんな超絶美形が私の旦那さまなんていまだに信じられない。

「玲人くん、綺麗。永久保存したいくらい」

彼を見つめて褒めつつ自分の願望もしっかり口にする私を、彼は表情も変えずに軽くあしらった。

「保存しなくてもずっと一緒にいるじゃないか。それに、お前の方が綺麗だよ」

思いがけずお褒めの言葉をいただき、ぱあっと笑顔になる。

「本当に？　お世辞でも嬉しい」

「妻にお世辞は言わない。もっと自信持てば？　この俺が言うんだから間違いない」

玲人くんはそう言いながら、ポケットからなにかを取り出した。

「最後に仕上げをしないと」

どこか謎めいた微笑を浮かべると、彼は私の背後に立ち、首になにかをつけた。

それはひと粒ダイヤのネックレス。一カラットよりは小さめの大きさながらも眩《まばゆ》いばかりに輝いている。鏡に映る自分もなんだか輝いて見えた。

「これどうしたの？　レンタル？」

「いや、優里へのクリスマスプレゼント」

さらっととんでもないことを言われ、思わず声をあげた。

「ええー……んぐ⁉」

すかさず玲人くんが私の口を手で塞いで注意する。

「シッ！　声が大きい」

「ごめん。だって婚約指輪だってもらったのに」

それだけじゃない。祖母の部屋だってグレードアップしてくれたし、彼にいっぱいお金を使わせて申し訳ない気持ちになる。

「いつも優里には美味しい食事を作ってもらってるから。お陰でアメリカにいた時よりもすごく体調よくて、仕事に集中できてる。あまり旅行にも連れてけないし、これなら毎日つけられるから」

「……ありがとう。私、玲人くんにもらってばかりだね」

「俺だって優里から金じゃ買えないものいっぱいもらってる。お前が作る料理だって、玄関で俺を出迎える笑顔だってプライスレスなんだよ」

鏡越しでも真顔で言われると照れてしまう。

「大事にするね。本当にありがとう」

「どういたしまして。……すごく綺麗だ」

甘く微笑むと、玲人くんは私の両肩を掴んで振り向かせ、そしてキスをした。

触れた瞬間、彼の思いが私に流れ込んでくる。

愛してるって――。

しばらくして玲人くんがキスを終わらせるけど、その目はなんだか名残り惜しそうで……。

「このままここに優里と籠《こ》もりたいな」

突然彼がとんでもないことを言い出したから狼狽えた。

「えっ？　玲人くん、またご乱心？」

「ちょっと言ってみただけだ。だけど、今夜は寝かせないかもしれないから覚悟して」

男の色香ダダ漏れの流し目で宣言され、一瞬フリーズする。

玲人くんは普段クールだけど、夜はとっても情熱的。彼と愛し合うと、たいていヘトヘトになる。

「お、お手柔らかにお願いします」

か細い声でお願いする私に、彼が悪戯っぽく目を光らせて返す。

「努力はする。さあ行くよ」

今夜のことを考えて少し青ざめ気味の私の手を引き、彼は礼拝堂へと移動する。

礼拝堂のドアの前には、慶子さんの旦那さまの猪瀬先生がいた。私には父がいないから、ヴァージンロードのエスコートを彼に頼んだのだ。

笠松先生も気を利かせて『一緒に歩いてあげるよ』と言ってくれたけど、それは玲人くんが『お前、優里にちょっかい出しそう』と強く拒否したんだよね。

「義兄《にい》さん、待たせてすみません。優里をお願いします。優里、祭壇の前で待ってる」

猪瀬先生に声をかけると、玲人くんは先に入場する。

「優里ちゃん、妖精のお姫さまみたいだなあ」

猪瀬先生が褒めてくれて、少し恐縮しながら礼を言う。

「ありがとうございます。猪瀬先生、エスコートお願いしてしまってすみません」

猪瀬先生には玲人くんがお願いしてくれて、快く引き受けてくれた。

「優里ちゃんのためならひと肌でも、ふた肌でも脱ぐよ。それに、もう義理の兄妹なんだから、お義兄さんって呼んでほしいな」

「はい、お義兄さん」

私はひとりっ子だったけど、結婚してこんなに優しい義理の兄ができて嬉しい。

礼拝堂から音楽が聞こえてきて、義兄と一緒にヴァージンロードを歩いていくと、玲人くんがそんな私を愛おしげに見つめていた。

祖母や、玲人くんの家族、真美さんに笠松先生、健くん……他にも病院関係者の人たちが来ている。

健くんがいるのはとても驚いたけど、玲人くんとなにやらコソコソしていたから、きっと今日の式のことを話していたに違いない。

こんなたくさんの人に祝福されて、なんて幸せなんだろう。

涙が込み上げてきたけれど、時折上を向いてこらえた。

私が祭壇の前まで来ると、玲人くんは極上の笑みを浮かべた。

ああ。とっても素敵な笑顔。

彼の目に今日の私がとびきり綺麗に映っていますように――。

この日を何度夢見ただろう。私の妄想でしかないと諦めた時もあった。

本当に玲人くんと結婚するなんて……ね。

天国にいる私の両親も喜んでくれているんじゃないだろうか。だって、今日見た夢に出てきたのだ。ただにっこりと笑っていただけだったけど、夢の中で両親に会えてとても嬉しかった。

私に〝幸せになって〟と伝えたかったのかもしれない。

皆で賛美歌を歌い、牧師による聖書の朗読……と式が順調に進んでいくけど、私はリハーサルがなかったせいかずっと心臓がバクバクしていた。

誓いの言葉になって玲人くんが牧師の言葉に「はい、誓います」と答えると、私の緊張は最高潮に――。

「新婦優里、健やかなる時も、病める時も……愛することを誓いますか?」

「は、はい……誓います」

少し声がつっかえてしまったけど、なんとか言えた。

そのことにホッとしていたら、いつの間にか誓いのキスになっていて、玲人くんに頬に触れられハッと我に返った。

「ボーッとしない」

彼がフッと笑って、私にゆっくりと口づける。

みんながいるのにキスするなんて……は、恥ずかしい。

顔の熱が急上昇するのを感じている間に、玲人くんの唇が離れ、彼が私の手を握ってきた。

式が終わり退場して礼拝堂を出ると、玲人くんがどこか感慨深げに言う。

「そういえば、優里に初めて会った時、『私、お兄さんに好きになってもらうよう綺麗になるから、それまで待っててね』って言われたっけ。今、急に思い出した」

彼の言葉で最初に会った日のことを回顧する。

「ああ。あの時はその発言する前に、『悪いけど僕は結婚しないから』って玲人くんに冷たく言われたんだよね」

わざと拗《す》ねてみせると、彼は小さく微笑しながら返した。

「確かに言ったかもしれない」

「私と結婚して、こんなはずではなかったって思ってない？」

少しおどけて尋ねれば、彼は楽しげに目を光らせて「思ってる」と答えた。

「やっぱり」

私との結婚は彼にとって最大の番狂わせだろうな。

玲人くんと目を合わせてフフッと笑ったら、彼が急に表情を変えた。

その美しい瞳には、私がはっきりと映っている。

「でも、ひとりでいるよりふたりの方がいいって気づいたから、後悔はしてない」

真摯な目でそう告げると、彼はギュッと抱きしめてきて、私に囁いた。

「――愛してるよ」

The end.

# 特別書き下ろし番外編

# 俺の隣で笑っていればいい　―　玲人side

「どこにいるのかと思ったら、こんなところにいたのか？」

寝室に優里がいなくて探すと、彼女はベランダにいた。キャミソールにホットパンツというラフな姿で、ロッキングチェアに座って夜空を眺めている。

「だって東京じゃこんなに星見られないんだもん。天の川だって見えるよ」

優里がご機嫌な様子で夜空を指差す。

今、俺と優里は少し遅めの夏休みを取って宮古島《みやこじま》に来ていた。

九月下旬だが、まだまだ気温は高い。今日も彼女とシュノーケリングを楽しんできた。

「まあ確かに星がよく見えるな」

俺も彼女の隣に腰を下ろして空を見上げた。

満天の星はまるで宇宙を見ているようで、見ていて飽きない。

「東京に持って帰りたいな」

優里の願望を聞いて、クスッと笑う。

「無理に決まってるだろ？　また来ればいい」

今回の夏休みはハネムーンも兼ねているけれど、彼女が気に入ったなら毎年来たって構わない。

「ええ！　また来れるの？」

声をあげて驚く彼女に、優しく微笑んだ。

「そんなに気に入ったなら来年も来よう」

普段あまり遠出できないから、優里を楽しませてやりたい。

「ありがとう。すっごく嬉しい。海もとっても綺麗だし。同じ日本だけど、やっぱり東京とは全然違うよね」

目をキラキラさせて俺の手を掴んで喜ぶ彼女に、冗談半分で聞く。

「じゃあ、こっちに定住するか？」

「うーん、それもいいけど、それは老後の楽しみに取っておこうか。やっぱり、玲人くんにはたくさんの患者さんを救ってほしいから」

少し悩みながらもそう笑って答える彼女の言葉に、小さく相槌を打つ。

「老後にふたりでのんびりするのもいいかもしれないな。ここだと時間がゆっくり流れる」

「東京だと激務だもんね。玲人くんも休息は必要だよ。私としては玲人くんのラフな格好見られてすっごくよかった。写真いっぱい撮ったし、東京に帰ったら家に飾ろう」

「それは気持ち悪いからやめろ」

はしゃぐ彼女を眉間にシワを寄せて止める。

「えー、カッコいいんだからいいじゃない。目の保養に——」

反論する彼女の口を自分の唇で塞いだ。

ハッとした表情をする優里に構わず、その柔らかな唇を甘噛みして彼女を誘惑する。

「実物が目の前にいるだろ？」

「うん。……そうだね」

少しトロンとした目で彼女が返したその時、ドンと花火が上がった。

「あっ……花火」

優里が再び空を見上げて呟く。

夜空を彩る花火。それは一瞬の輝きだけどとても美しく、人の記憶に残る。

「そういえば、ホテルの人が今日打ち上げ花火があるって言ってたな」

キスを中断して、ふたりでしばし花火を眺める。

「……綺麗。去年の夏祭り思い出すね」

フフッと微笑む彼女に、「ああ」と頷いた。

優里の言葉であの夜の出来事が蘇る。

あの夏祭りの夜、初めて彼女を抱いた――。

今考えると、運命的な夜だったのかもしれない。あの夜を境に俺たちの関係が幼馴染から恋人へと劇的に変わった。

それから何度彼女と愛し合っただろう。いや、何度じゃないか。もう両手じゃ数え切れない。

優里が愛おしくて、そばにいると触れずにはいられない。今だって彼女に触れたくてたまらないのだ。

花火はまだ上がっていたが、彼女を抱き上げて寝室のベッドに運んだ。

「花火、最後まで見ないの？」

優里が俺の両肩に手をかけ、問いかける。

「今は花火見るより、優里を抱きたい」

ストレートに自分の気持ちを伝えれば、彼女が楽しげに目を光らせた。

「玲人くんってたまに我儘になるよね」

「優里にだけだよ」

優里の瞳を見つめながら告げて微笑み合うと、彼女にゆっくりと口づけた。

柔らかくて甘いその唇。

チョコとか甘いものは苦手だが、彼女の唇は別。何度だって味わいたい。

キスを深めながら優里のキャミソールを脱がすと、彼女の肩をトンと押してベッドに寝かせる。それから俺も着ていたTシャツを脱いで、彼女に覆い被さった。

「玲人くん……髪伸びたね」

優里が手を伸ばして俺の髪に触れてくる。

「そういえば、髪切って二カ月経ったかも」

「長髪の玲人くんも見てみたいな。ファンタジーに出てくる王子さまみたいでカッコいいよ、きっと」

「王子さまってまだそんな想像するのか？　結婚したのに？」

「だって、玲人くんは私の永遠の憧れだもの」

正直、王子さまと言われるのはあまり嬉しくない。

まだ結婚している実感がないのかと不安になる。

「もう憧れる必要なんてない。俺は優里のものだよ」

優里を見つめて真剣に告げると、彼女の心にもその身体にも刻みつけるよう、果てるまで愛し合った。

それから平穏な時が流れて二カ月後――。

午後九時過ぎ。仕事が終わって家に帰ると、いつもドアを開けたらすぐに俺を出迎える優里の姿がない。

「ただいま」

玄関に靴があるから家にはいる。なのに、家の中は静か。

少し怪訝に思いながら靴を脱いで玄関を上がり、まずリビングに行くと、優里がソファで横になっていた。俺が帰ってきたことにも気づかずぐっすり寝ている。

結婚してから彼女がこんな風に寝ているのは初めてだ。

今の仕事は基本的に残業がない。職場が同じだから彼女の仕事内容については把握している。毎日規則正しい生活を送っているのに、こんな元気がない様子なのは、身体が不調だからだろう。

朝も食事を残していた。今朝だけならちょっと胃もたれしたと考えられなくもないが、ここ数日同じ状況が続いてる。

彼女は『夜食べすぎたせいかも』と言っているが、違うと思う。

身を屈めて優里の額に自分の額を当てて熱があるか確認すると、彼女が目を開けた。

「……あれ？　玲人……くん？　おかえりなさい」

何度か目をしばたたいて俺を見る彼女をじっと見つめて尋ねる。

「ただいま。身体つらいのか？」

微熱がある。

「ううん。ちょっと疲れちゃって。ご飯用意してあるよ。今、温めるね」

気だるそうに起き上がろうとする彼女を止めた。

「ちょっと待った。優里は食べたのか？」

「……食べ物見るとなんか気分が悪くなるんだよね。私はいいから玲人くん、先に食べてて。ちょっと風邪でも引いたのかも。後で栄養ドリンクと風邪薬飲んどくよ。玲人くんに移しちゃ大変」

彼女のコメント聞いてピンときた。

「……勝手に判断しない。多分風邪じゃないから」

「え？　風邪じゃない？　……じゃあ、なにか悪い病気？」

急に不安そうな顔をする優里の頬に手を添えて、はっきりと否定する。

「違う。病気じゃないから安心していい」

「病気じゃない？」

ますます混乱する優里の肩をポンと叩いて告げる。

「そう。病気じゃない。ちょっとお粥作ってくるから、優里はそのまま休んでるといい」

「でも……玲人くんの食事の準備――」

「いいからソファにいろ」

少し厳しく言って、キッチンに行く。

彼女はこのくらい言わないと大人しくしてくれない。

ダイニングテーブルには、俺の分の食事がラップされて置かれていた。

今日はとんかつか。疲れている時くらい作らなくていいのに……。

常々彼女にも言ってるのだが、言うことを聞いたためしがない。

スーツのジャケットを脱いでダイニングテーブルの椅子の背にかけると、キッチンに立ってお粥を作る。

週末に彼女と一緒に料理はするけど、お粥を作るのは久しぶりだ。うちに最初に連れてきた時もお粥を彼女に作って食べさせた記憶がある。なんだかずいぶん昔のことのように思えた。

あの時は彼女と結婚するなんて一ミリも考えてなかったな。でも、うちに連れてきたってことは、なんだかんだ理由をつけても彼女が大切だったってこと。

お粥ができると、リビングに持っていき、彼女に声をかけた。

「少しでもいいから食べるといい」

「ありがと。疲れて帰ってきてるのにごめんね」

優里が申し訳なさそうに謝りながら上体を起こす。

「俺は毎日のことだから平気だ。冷めないうちに食べろよ」

テーブルの上にお粥を置き、小皿によそって彼女に手渡した。

「うん。いただきます。……玲人くんのお粥久しぶり。美味しい……あっ、熱い！」

嬉しそうに笑って食べ始めたかと思ったら、彼女はすぐに舌を火傷《やけど》して顔をしかめる。

「馬鹿。慌てすぎ」

優里の手から小皿とレンゲを奪い、俺がフーフーして食べさせる。

「ほら」

「ふふっ。なんか役得。私が弱ってると、玲人くん滅茶苦茶甘い」

嬉しそうな顔をする彼女に、真顔でチクリと言う。

「ちゃんと食べさせないと、お前が倒れるからだよ」

「世話が焼ける妻でごめんなさい」

少ししゅんとした顔をする彼女に言い聞かせる。

「いつも世話が焼けるのは俺の方だろ？　優里だって働いてるのに、俺の弁当だって毎日作ってくれるじゃないか」

「それは私の我儘だよ。玲人くんの妻だって実感するの」

四条家に嫁いだプレッシャーは感じているはず。誰もが認める俺の妻になろうと必死になっているような気がする。真面目な性格もあるのだろうが、彼女の場合は少しなまけるくらいがちょうどいい。

「優里は毎日頑張りすぎるからあまり無理するな。俺の食事なんてどうとでもなる。……それとも、結婚してもなにか不安があるのか？」

ジーッと彼女を見据えて問う。

俺が優里を選んだのに、まだ彼女は自信を持てていないように思う。

「ふ、不安って……そんなことは」

この狼狽え方。強く否定できないってことは、まだ不安を感じることがあるのかもしれない。

「他の女なんか興味ないから心配しなくていい」

「でも、玲人くんモテるし……。いろんな誘いだってあるだろうし……」

ポツリポツリと本音を口にする彼女に、言い聞かせる。

「だから興味ない。そういうの、うざいとしか思わないから」

切り捨てるように言えば、なぜか彼女が俺を注意する。

「玲人くん、うざいはさすがに可哀想だよ。女心わかってないなあ」

お前がそれを言うか……と、思わず心の中でつっこんでしまう。

「同情するな。お人好しすぎる。とにかく優里以外の女なんてどうでもいいから……ってなんでそこで目を潤ませる？」

「あの……もう一回言ってくれる？　玲人くんの愛の言葉集に加える」

どこからかスマホを出してきて、動画を撮ろうとする優里に呆れ顔で言う。

「くだらないこと言ってないで、ちゃんと食べろ」

「ううっ、玲人くんのいけず」

「こんな俺を好きになったのはお前だろ？　文句は言わせない。最後まで付き合ってもらうからな」

「それはもう喜んで。スッポンのように離れないよ」

予想通りの反応を見て、わざと冷ややかに対応する。

「それはちょっと怖いな」

「あ〜、そんな引いた反応しないでよ。一応私妻だよ」

一応という言葉をつけるってことは、まだ自信がないのだろう。

「一応じゃなくて、ちゃんと妻だ」

今度は優しく微笑んで彼女にそっと口づけたら、彼女が照れくさそうに返事をする。

「……はい」

そんなやり取りをしながらお粥を食べさせると、彼女に妊娠検査薬を手渡した。

「優里、これ試してきて」

それは俺が結婚した次の日に、姉貴に結婚祝いとして渡されたもの。

「え？　検査薬？　いつの間に？」

目をカッと見開いて驚く彼女に、溜め息交じりに説明する。

「姉貴が『すぐに必要になると思うから渡しておくわね』ってニヤニヤしながら俺のデスクに置いてったんだよ」

あの時は同僚も『玲人先生、優里ちゃん溺愛してますもんね』と冷やかしてきて参った。特にたまたま医局にいた笠松が『あ〜、熱い、熱い。新婚ってラブラブでいいよなあ』と俺を弄ってきたのには正直苛ついた。

「ああ。なんか想像つく。それは……ご愁傷さまというか、大変だったね」

いろいろと察したのか、彼女は苦笑いしながら俺を見ている。

「とにかく、試してこい」

話が少し脱線したので真剣な顔でもう一度そう言うと、彼女が俺に恐る恐る確認してきた。

「私……妊娠してるのかな？」

「最近生理来てるのか？」

オブラートに包まず聞けば、彼女は少し動揺しながら答える。

「……そういえば来てない。私……確認してくる」

生気のない顔。妊娠の可能性があると知ってかなり緊張している。

多分、症状からして妊娠は間違いないだろう。

彼女がトイレに消えると、ポケットからスマホを取り出して、うちの病院の産婦人科医の連絡先を探す。

一応産婦人科に予約を入れておこう。

電話をして診察の予約を取ると、そのまま優里が戻るのを待った。

食事をしようとも思ったが、なんとなく落ち着かない。

手を組んで待っていると、優里が検査のスティックを持って小走りで戻ってきた。

「れ、玲人くん、大変～！ 陽性反応出た～！」

「危ない。家の中で走るな」

すかさず注意すると、彼女はハッとした表情で俺の前でピタッと足を止める。

「ご、ごめん。でも、ビックリしちゃって。ねえ、見てスティック。二本くっきり線が出てる」

興奮気味の彼女を抱き寄せて、俺の膝の上に座らせた。

「明日、病院で診てもらおう。俺も休みだし、一緒に行く」

「うん。ありがと。本当に玲人くんの赤ちゃんがいるのかな？」

自分のお腹に手を当てる彼女に小さく微笑んだ。

「最近の食欲不振は悪阻《つわり》だと思う」

「妊娠してたら嬉しいけど、なんだか緊張する。玲人くんの赤ちゃんなのに、私のお腹にいてもらっていいのかな？」

優里の悪い癖だが、彼女は俺を貴人のように見ている時がある。

「他に誰のお腹にいろと？ 言っておくけど、俺は子供を産めないから」

やれやれと思いながら、当然のことをあえて口にする。

「し、知ってるよ。玲人くんが産んだらみんなビックリだよって、ふふっ。想像したらなんだかおかしくなってきた」

「優里はそうやって俺の横でニコニコ笑ってればいいんだよ」

心配は俺に任せればいい。

「うん」

少しリラックスした様子で笑う優里をそっと抱きしめた。

# 家族が増えて

「気分は？」

白衣姿の玲人くんが医者というよりは夫の顔で私に確認してくる。

「ちょっとドキドキしてる。でも、わくわくって言った方が正しいかな」

もうすっかり大きくなったお腹に手を当てながら笑顔で答えた。

今、私は四条総合病院の産婦人科病棟にいた。出産のため、昨日から入院している。病院での事務の仕事は妊娠六カ月で辞めたけれど、子供が小学生くらいになったらまた働くつもりだ。

分娩方法はいろいろあって少し悩んだが、私は計画無痛分娩を選んだ。

今日出産することは以前から決まっていて、私としても充分心の準備もできた。

それになにより、玲人くんが立ち会ってくれるからとっても心強い。

自然分娩もいいと思ったけれど、それだと玲人くんが立ち会えない可能性の方が高くて、あえて計画無痛分娩にした。

彼に我が子が生まれるところをどうしても見せてあげたかったのだ。

無痛分娩自体は欧米では一般的な方法だし、玲人くんの病院という安心感もある。

医者だから出産の立ち会いの経験はあるだろうけど、自分の子供のは初めてなわけだし、彼にも父親になるということを実感してもらいたかった。

「楽しむ余裕があるなら大丈夫だな」

宿直明けで来てくれたけど、彼は疲れた様子はなく小さく微笑む。

病室でそんなやり取りを玲人くんとしていたら、コンコンとノックの音がした。

「はい」と玲人くんが返事をすると、健くんが息急き切って入ってきた。

「よ、よかった〜。間に合った」

「健くん、どうしたの？」

まさか健くんが現れると思っていなかったので、すごく驚いた。

「一昨日、半年に一度の定期検診で玲人先生に診てもらったら、今日優里ちゃんが出産するって聞いたから」

「部活で大変なのに、わざわざありがとね。健くんに久々に会えて嬉しいよ」

彼は退院後に中学受験し、見事国立中に合格した。中学入学後は弓道部に入り、毎日部活に励んでいるらしい。会うのは半年前に検診で来て以来だ。

「背、伸びたね？」

「うん。五センチ伸びたよ。玲人先生くらいになるのが目標……って、のんびり話してる時間ないよね？　これ、お守り」

健くんがジャケットのポケットから白いお守りを取り出して、私の手に握らせる。

それは私が彼にあげた安産守りではなかった。

「あれ？　どこかでもらってきてくれたの？」

健くんに確認すると、彼はニパッと笑って大きく頷いた。

「うん。水天宮《すいてんぐう》にお参りしてきた。赤ちゃん無事に生まれますようにって。優里ちゃんにもらったお守り返してもよかったんだけど、やっぱりちゃんとお参りしたくて」

彼の気持ちがとても嬉しい。

「健くん、ありがとう」

「きっと元気な赤ちゃん生まれるよ。玲人先生、優里ちゃんのお腹触っていい？」

健くんが玲人くんの方を見やると、玲人くんは優しい笑顔で返す。

「いいよ」

「どうして玲人先生に聞くの？」

「だって優里ちゃんの旦那さんだし、僕も一応男だから……ね？」

健くんがどこか悪戯っぽく目を光らせると、玲人くんがフッと微笑した。

「そうだね」

「じゃあ、触るね。……わあ、なんかメロンがお腹に入ってるみたい。この中に赤ちゃんがいるんだね」

「生まれたら、抱いてあげてね」

「うん。じゃあ、僕、部活あるから、そろそろ行くよ。じゃあね、赤ちゃん」

健くんは私のお腹を優しく撫でると、病室を後にする。

それからしばらくして助産師さんが様子を見に来て、分娩室に運ばれた。

初めてのお産で緊張するけど、すぐ横に玲人くんがいるから安心だ。

それに、健くんにもらった安産守りもある。

赤ちゃんの性別は健診でもうわかっていた。

「いきんでください」

医師の声で「ん～」とお腹に力を入れる。

「慌てなくていい。落ち着いて」

玲人くんが優しく言葉をかけてくれて、私の手をギュッと握ってくる。

何度かいきむと、なにかスポンと出たような感じがして、気づけば医師が赤ちゃんを取り上げていた。

なんだか不思議な感じ。

すぐに「オギャー」と赤ちゃんが泣くのを聞いてホッとしていると、身体を洗われておくるみに包まれた赤ちゃんと対面した。

赤ちゃんは男の子。

生まれたばかりなのに、髪はふさふさ。健診の時のエコー写真を見た時から思っていたけれど、目元とか玲人くんにそっくりだ。

「すごい。玲人くんに激似だよ」

——玲人くんと私の子。

なんだかじわじわと感動が押し寄せてくる。

「無事に生まれてきて本当によかった」

玲人くんが私の肩に優しく手を置き、赤ちゃんの顔を指で優しく撫でる。

その目にはうっすら涙が浮かんでいて、彼に出産に立ち会ってもらって本当によかったと思った。

「今日から三人家族だね」

玲人くんに愛されて彼の妻としての自信を持てるようになったし、ママになる覚悟もできた。

「ああ。俺と優里と綾人《あやと》。これからますます賑やかになるな」

赤ちゃんの名前は性別が判明した時に、彼と話し合って決めた。

人と人との繋がりを大切にしてほしいという私たちの願いが込められている。

「ますますって……私ってそんなに賑やか？」

玲人くんの言葉に驚いて確認すると、彼が茶目っ気たっぷりに微笑んだ。

「ああ。ちょっといなくなるだけで寂しくなるくらいね」


「ママ～、みてみて～」

ソファに座ってさんぴん茶を飲んでいたら、綾人が今日砂浜で拾ってきた貝をテーブルの上に広げ、その中のピンクの貝殻を私に見せる。

息子を出産して早いもので三年経った。

育児は大変だけど、毎日楽しい日々を送っていて、また今年も玲人くんが宮古島に連れてきてくれた。綾人が生まれた年も来ていて恒例行事になりつつある。

「こんなきれいなのあったぁ」

得意げな顔をする綾人に、私は優しく微笑んだ。

「ホントだ。桜の花びらみたいに綺麗だね」

「ふふっ。ママみたい」

ビー玉のような透き通った目で私を見つめ、天使のように屈託なく笑う息子がすごくかわいい。

「あ～、かわいい」

もう玲人くんが小さくなったみたいで、思わずギュッとしてしまう。

「ママ、いいにおいする」

息子も私の首に手を回して抱きしめ返してきて、愛おしさが込み上げてきた。

「そう？　どんな匂い？」

私の質問に綾人は無邪気に笑って答える。

「う～んとね。ハチミツみたいなにおい」

変な匂いじゃなくてよかった。

「ハチミツみたいな……ね。確かに甘い匂いがするな。今夜じっくり確かめてみよう」

別室でちょっと仕事をしていた玲人くんがやってきて、私に思わせぶりな視線を送ってくる。

「れ、玲人くん！」

顔を赤くして玲人くんを注意したら、彼はテーブルの上を指差して話題を変えた。

「綾人、この小さな貝殻動いてる。やどかりじゃないか？」

「あっ、ほんとだあ。パパ、うみにもどしてあげなきゃ」

綾人がテーブルに身を乗り出してやどかりを手にのせると、玲人くんを見やった。

「そうだな。やどかりさんのパパとママが探してるかもしれない。今すぐ海に戻してあげよう」

玲人くんは綾人の手を握ると、ベランダからビーチに出た。

私もそんなふたりの後についていく。

夕暮れ時のビーチ。

綾人がしゃがんでやどかりを砂浜に戻すのを、玲人くんが優しく見守っている。

とっても素敵な光景。

「やどかりさん、げんきでね～」

やどかりに向かって手を振る綾人を見て、なんだかほっこりする。

優しい子に育ってくれて嬉しい。

笑みを浮かべていたら、玲人くんと目が合った。

彼も温かい目で微笑んでいる。

ああ、玲人くんがいて、綾人がいて、今とっても幸せ。

「せっかくだから少し散歩しようか」

玲人くんはそう言って、綾人を肩車し、浜辺を少し歩く。

「パパたかーい。ママもしてもらう？」

私を見てニコッと微笑む綾人の顔が、どこか大人びて見えた。

ホント、玲人くんをちっちゃくしたみたい。私に似てるところといえば、明るいところくらいだ。知能も高そうだし、『パパみたいなおいしゃさんになる』っていつも言っている。

「ママはさすがに重いから、いいよ。でもね、ママ、パパにおんぶしてもらったことあるよ」

玲人くんは忘れているかもしれないけど、それは私にとって大事な思い出。

彼の背中の温もりを今でもはっきり覚えている。

「ああ。そういえば、そんなことあったな。駅の階段で転んだ時だろ？」

すらすらと彼の口からそんな言葉が出てきて、一瞬呆気に取られた。

「う、うん。玲人くんが偶然通りかかってくれてよかったよ」

玲人くんが覚えててくれたことが嬉しい。

「あれも偶然じゃなくて、運命だったのかもしれない。今こうして三人で幸せに暮らしてるんだから」

私を見つめて柔らかな笑みを浮かべる彼を見て、改めて変わったと思う。

「リアリストの玲人くんにしては非現実的なこと言うね」

「優里に毒されたんだよ。でも、それも悪くない」

クスッと微笑んで綾人を下ろすと、玲人くんは私に甘く口づけた――。

The end.

# あとがき

こんにちは、滝井みらんです。今回は医局でのひとコマをお送りします。最後までご堪能いただけたら幸いです。

笠松　お疲れ～。手術どうだった？

玲人　無事に終わらせたけど。

笠松　おお。流石天才ドクター。

玲人　で、なんの用？

笠松　用がないと来ちゃダメなのかよ。相変わらず冷たいなあ。

玲人　お前の相手をする暇はない。それに、脳神経外科の医局で寛ぐのはやめろ。

笠松　だってここのソファ気持ちいいし、静かでリラックスできるんだよなあ。うちの医局だと看護師さんにすぐ捕まっちゃって……。真美と結婚してもモテて困るよ。ああ～、カッコいいって罪だよなあ。

玲人　全然困ってるように見えない。今にも浮気しそうな発言に聞こえるが。

笠松　や、やだなあ。俺は真美一筋だよ。だけど、やっぱ女の子と話すのは楽しいし、誰からも好かれたいんだよ。お前もすごくモテるけど、そういうの拒絶するよな。もったいない。

玲人　俺は惚れた女にだけ愛されればそれでいい。

笠松　四条……カッコいい。俺……お前に惚れたかも。玲人さまって呼んでいい？

玲人　気持ち悪いからやめろ。

笠松　そんなゴミでも見るような目で言うなよ。玲人さま～。

玲人　だからやめろ。うざい。

優里　あ～、またふたりじゃれ合ってる。ホント、仲いいですね。

玲人　いや、全然じゃれ合ってないから。

え～、最後になりましたが、今回もしっかりと私を支えてくださった編集担当さま、また、とっても素敵なイラストを描いてくださったもちあんこ先生、厚く御礼申し上げます。そして、いつも応援してくださる読者の皆さま、心より感謝しております。

ＧＷ明けはどうしても憂鬱になりがちなので、ベリーズ文庫を読んで心にも栄養をたくさんとってくださいね～。

滝井《たきい》みらん

滝井みらん先生への
ファンレターのあて先

〒104-0031
東京都中央区京橋1-3-1
八重洲口大栄ビル7F
スターツ出版株式会社　書籍編集部　気付

滝井みらん先生

本書へのご意見をお聞かせください

お買い上げいただき、ありがとうございます。
今後の編集の参考にさせていただきますので、
アンケートにお答えいただければ幸いです。

下記URLまたは二次元コードから
アンケートページへお入りください。
https://www.ozmall.co.jp/enquete/IndexTalkappi.aspx?id=2301

# 女嫌いの天才脳外科医が激愛に目覚めたら
## ～17年脈ナシだったのに、容赦なく独占されてます～

2024年5月10日　初版第1刷発行

著　者　滝井みらん
©Milan Takii 2024
発行人　菊地修一
デザイン　hive & co.,ltd.
校　正　株式会社鷗来堂
発行所　スターツ出版株式会社
〒104-0031
東京都中央区京橋1-3-1　八重洲口大栄ビル7F
TEL　03-6202-0386（出版マーケティンググループ）
TEL　050-5538-5679（書店様向けご注文専用ダイヤル）
URL　https://starts-pub.jp/
印刷所　大日本印刷株式会社

Printed in Japan

乱丁・落丁などの不良品はお取替えいたします。
上記出版マーケティンググループまでお問い合わせください。
定価はカバーに記載されています。

ISBN 978-4-8137-1578-8　C0193

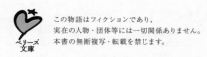

# ベリーズ文庫 2024年5月発売

『女嫌いの天才脳外科医が激愛に目覚めたら～17年脈ナシだったのに、容赦なく独占されてます～』 滝井《たきい》みらん・著

真面目OLの優里は幼馴染のエリート外科医・玲人に長年片想い中。猛アタックするも、いつも冷たくあしらわれていた。ところある日、無理して体調を壊した優里を心配し、彼が半ば強引に同居をスタートさせる。女嫌いで難攻不落のはずの玲人に「全部俺がもらうから」と昂る独占愛を刻まれていって…!?

ISBN 978-4-8137-1578-8／定価759円（本体690円＋税10%）

『クールな御曹司と初恋同士の想い想われ契約婚～愛したいのは君だけ～』 惣領莉沙《そうりようりさ》・著

会社員の美緒はある日、兄が「妹が結婚するまで結婚しない」と誓っていて、それに兄の恋人が悩んでいることを知る。ふたりに幸せになってほしい美緒はどうにかできないかと御曹司で学生時代から憧れの匠に相談したら「俺と結婚すればいい」と提案されて!?　かりそめ妻なのに匠は蕩けるほど甘く接してきて…。

ISBN 978-4-8137-1579-5／定価748円（本体680円＋税10%）

『契約夫婦はここまで、この先は一生溺愛です～エリート御曹司はひたすら愛して逃がさない～【極甘婚シリーズ】』 未華空央《みはなそらお》・著

恋愛のトラウマなどで男性に苦手意識のある澪花。ある日たまたま訪れたホテルで御曹司・蓮斗と出会う。後日、澪花が金銭的に困っていることを知った彼は、契約妻にならないかと提案してきて!?　形だけの夫婦のはずが、甘い独占欲を剥き出しにする蓮斗に囲われていき…。溺愛を貫かれるシンデレラストーリー♡

ISBN 978-4-8137-1580-1／定価748円（本体680円＋税10%）

『別れを決めたので、最後に愛をください～60日間のかりそめ婚で御曹司の独占欲が溢れ出す～』 森野《もりの》りも・著

OLの未来は幼い頃に大手企業の御曹司・和輝に助けられ、以来兄のように慕っていた。大人な和輝に恋心を抱くも、ある日彼がお見合いをすると知る。未来は長年の片思いを終わらせようと決心。もう会うのはやめようとするも、突然、彼がお試し結婚生活を持ちかけてきて！未来の恋の行方は…!?

ISBN 978-4-8137-1581-8／定価748円（本体680円＋税10%）

『離婚前提婚～冷徹ドクターが予想外に溺愛してきます～』 真彩《まあや》-mahya-・著

看護師の七海は晴れて憧れの天才外科医・圭吾が所属する循環器外科に異動が決定。学生時代に心が折れかけた七海を励ましてくれた外科医の圭吾と共に働けると喜んでいたのも束の間、彼は無慈悲な冷徹ドクターだった！　しかもひょんなことから契約結婚を持ち出され…。愛なき結婚から始まる溺甘ラブ！

ISBN 978-4-8137-1582-5／定価748円（本体680円＋税10%）

# ベリーズ文庫 2024年5月発売

『双子パパは今日も最愛の手を緩めない～再会したパイロットに全力で甘やかされています～』 白亜凛《はくありん》・著

元CAの茉莉は旅行先で副操縦士の航輝と出会う。凛々しく優しい彼と思いが通じ合い、以来2人で幸せな日々を過ごす。そんなある日妊娠が発覚。しかし、とある事情から茉莉は彼の前から姿を消すことに。「もう逃がすつもりはない」――数年後、一人で双子を育てていると航輝が目の前に現れて…!?

ISBN 978-4-8137-1583-2／定価748円（本体680円＋税10%）

『拝啓、親愛なるお姉様。裏切られた私は王妃になって溺愛されています』 友野紅子《とものこうこ》・著

高位貴族なのに魔力が弱いティーナ。完璧な淑女である姉に比べ、社交界デビューも果たせていない。そんなティーナの危機を救ってくれたのは、最強公爵・ファルザードで…!?　彼と出会って、実は自分が"精霊のいとし子"だと発覚！まさかの溺愛と能力開花で幸せな未来に導かれる、大逆転ラブストーリー！

ISBN 978-4-8137-1584-9／定価759円（本体690円＋税10%）

# ベリーズ文庫 2024年6月発売予定

Now Printing

『愛の街～内緒で双子を生んだのに、エリート御曹司に捕まりました～』 皐月《さつき》なおみ・著

双子のシングルマザー・有紗は仕事と育児に奔走中。あるとき職場が大企業に買収される。しかしそこの副社長・龍之介は2年前に別れを告げた双子の父親で…。「君への想いは消えなかった」――ある理由から身を引いたはずが再会した途端、龍之介の溺愛は止まらない！　溢れんばかりの一途愛に双子ごと包まれ…！

ISBN 978-4-8137-1591-7／予価748円（本体680円＋税10%）

Now Printing

『タイトル未定（CEO×ひたむき秘書）』 にしのムラサキ・著

世界的企業で社長秘書を務める心春は、社長である玲司を心から尊敬している。そんなある日なぜか彼から突然求婚される！　形だけの夫婦でプライベートも任せてもらえたのだ！と思っていたけれど、ひたすら甘やかされる新婚生活が始まって!?　「愛おしくて苦しくなる」冷徹社長の溺愛にタジタジです…！

ISBN 978-4-8137-1592-4／予価748円（本体680円＋税10%）

Now Printing

『タイトル未定（財閥御曹司×薄幸ヒロイン　幼なじみ訳あり婚）』 吉澤紗矢《よしざわさや》・著

幼い頃に母親を亡くした美紅。母の実家に引き取られたが歓迎されず、肩身の狭い思いをして暮らしてきた。借りた学費を返すため使用人として働かされていたある日、旧財閥一族である京極家の後継者・史輝の花嫁に指名され…!?　実は史輝は美紅の初恋の相手。周囲の反対に遭いながらも良き妻であろうと奮闘する美紅を、史輝は深い愛で包み守ってくれて…。

ISBN 978-4-8137-1593-1／予価748円（本体680円＋税10%）

Now Printing

『100日婚約～意地悪パイロットの溺愛攻撃には負けません～』 藍里《あいさと》まめ・著

航空整備士の和葉は仕事帰り、容姿端麗でミステリアスな男性・慧に出会う。後日、彼が自社の新パイロットと発覚！エリートで俺様な彼に和葉は心乱されていく。そんな中、とある事情から彼の期間限定の婚約者になることに!?　次第に熱を帯びていく彼の瞳に捕らえられ、和葉は胸の高鳴りを抑えられず…！

ISBN 978-4-8137-1594-8／予価748円（本体680円＋税10%）

Now Printing

『溺愛まじりのお見合い結婚～エリート外交官は最愛の年下妻を過保護に囲い込む～』 Yabe・著

小料理屋で働く小春は常連客の息子で外交官の千隼に恋をしていた。ひょんなことから彼との縁談が持ち上がり二人は結婚。しかし彼は「妻」の存在を必要としていただけと聞く…。複雑な気持ちのままベルギーでの新婚生活が始まると、なぜか千隼がどんどん甘くなって!?　その溺愛に小春はもう息もつけず…！

ISBN 978-4-8137-1595-5／予価748円（本体680円＋税10%）

タイトル、価格等は変更になることがございますのでご了承ください。

# ベリーズ文庫 2024年6月発売予定

Now Printing

『王子さまはシンデレラを独占したい』 晴《はる》日《ひ》青《あお》・著

OLの律はリストラされ途方に暮れていた。そんな時、以前一度だけ会話したリゾート施設の社長・悠生が現れ「結婚してほしい」と突然プロポーズをされる！しかし彼が求婚をしてきたのにはワケが合って…。愛なき関係だとバレないために甘やかされる日々。蕩けるほど熱い眼差しに律の心は高鳴るばかりで…。

ISBN 978-4-8137-1596-2／予価748円（本体680円＋税10%）

Now Printing

『婚約破棄された芋虫令嬢は女嫌いの完璧王子に拾われる』 やきいもほくほく・著

守護妖精が最弱のステファニーは、「芋虫令嬢」と呼ばれ家族から虐げられてきた。そのうえ婚約破棄され、屋敷を出て途方に暮れていたら、女嫌いなクロヴィスに助けられる。彼を好きにならないという条件で侍女として働き始めたのに、いつの間にかクロヴィスは溺愛モード!?　私が愛されるなんてありえません！

ISBN 978-4-8137-1597-9／予価748円（本体680円＋税10%）

タイトル、価格等は変更になることがございますのでご了承ください。